Ich parkte mein Auto in der Tiefgarage. Sie war ansonsten vollkommen leer. Als ich in den Hausflur trat, stellte ich fluchend fest, dass der alte Aufzug wieder mal defekt war. Ich wohne in der sechsten Etage eines siebenstöckigen Altbaus, und so machte ich mich resigniert an den Aufstieg. Im dritten Stock trat ich auf etwas. Ich machte Licht und sah einen dicken Schlüsselbund vor mir liegen …

Madrid im Hochsommer. Die Stadt ist wie ausgestorben, bis auf einen Schriftsteller, der sich einsam mit seinem ersten Roman abmüht. Als er eines Tages im Treppenhaus einen Schlüsselbund findet, den offenbar die Concierge verloren hat, wird er neugierig. Es ist August, alle Nachbarn sind verreist, und die Verlockung, sich nachts in den Wohnungen der anderen umzusehen, ist übermächtig. Doch dann entdeckt er in der Wohnung des alten Simón Díaz, die bis auf wenige Tage im Jahr immer leer steht und in der die Schlagläden stets geschlossen sind, einen Stapel alter Zeitungen, die alle auf den 20. September datieren – und in jeder von diesen eine Anzeige, in der ein Símon einer Ana seit dreißig Jahren ewige Liebe schwört. Aus dem Zeitvertreib des Schriftstellers wird eine aufregende Suche, die zu einem rätselhaften Todesfall und einer faszinierenden Liebesgeschichte führt …

Carlos del Amor (1974 in Murcia geboren) arbeitet im Kulturressort von Radiotelevisión Española und ist Spaniens wohl beliebtester Fernsehmoderator. Er berichtet regelmäßig von bedeutenden Filmfestivals und Kunstausstellungen und hat viele berühmte Kulturschaffende interviewt wie Woody Allen, David Trueba oder Pedro Almodóvar. Von sich selbst sagt er, dass er vor allen Dingen ein Geschichtenerzähler ist. Nun legt Carlos del Amor, den man in seiner Heimat auch den „Poeten des Fernsehens“ nennt, seinen ersten Roman vor und präsentiert uns eine Geschichte voller Geschichten.

CARLOS DEL AMOR

Die einzig wahre Liebe

Übersetzung aus dem Spanischen
von Anja Rüdiger

Atlantik

Für Martin,
meine beste Geschichte

Nach der Wahrheit
gibt es nichts Schöneres als die Phantasie.
ANTONIO MACHADO

Im Mai jenes Jahres versetzte ein französischer Meteorologe die Menschen in Alarmstimmung, als er mit großer Überzeugung verkündete, dass der Sommer diesmal ausfallen würde. Der Wortlaut in dem gesendeten Beitrag war der folgende:

Nach unseren Berechnungen deutet sich für die Sommermonate Juni, Juli und August eine anhaltende, für diese Jahreszeit untypische Kälte mit heftigen Niederschlägen an. Die Durchschnittstemperatur wird voraussichtlich drei bis vier Grad kälter ausfallen und beschert uns deutlich kühlere Temperaturen als üblich.

Das letzte Jahr ohne Sommer hatte sich 1816 ereignet. Wobei sich bei einem kurzen Rückblick auf das, was in jenem Jahr geschah, keine wirklich ungewöhnlichen Vorkommnisse feststellen lassen. 1816 war ein Schaltjahr, begann mit einem Montag, und außer dass an einem jener 366 Tage die erste Fotografie gemacht wurde, zeichnete es sich nicht durch irgendwelche historischen Besonderheiten aus – abgesehen von der Tatsache, dass auf den Frühling eben gleich der Winter folgte. Allerdings könnte man sagen, dass in einem weiterführenden Sinne die Auswirkungen dieses wettermäßigen Phänomens die Menschheit später in Angst und Schrecken versetzte. Denn im Jahr 1816 verbrachten Lord Byron und die damals neunzehnjährige Mary Shelley zusammen mit einigen Freunden ihre Ferien auf dem Landgut Villa Diodati in der Schweiz. Und da der Sommer aufgrund des Ausbruchs des indonesischen Vulkans Tambora im Jahr zuvor ausfiel, sorgten die Kälte und der Regen dafür, dass die Urlaubsgäste das Haus kaum verlassen konnten. Um sich die Zeit zu vertreiben, schlug Byron daher den anderen Hausbewohnern vor, Gespenstergeschichten zu schreiben. Und aus dem, was Mary Shelley daraufhin verfasste, entstand später die Geschichte von *Frankenstein.*

Wenn man die Jahreszahl in eine Suchmaschine im Internet eingibt, lautet der erste Eintrag, dass es sich um das »Jahr ohne Sommer« handelte, gefolgt von »Das Jahr, in dem der Sommer ganz ausfiel«, was im Weiteren für eine »Hungersnot« sorgte. Außerdem starben zahlreiche Menschen den »Erfrierungstod«.

Das Jahr 2013 würde sich offenbar nicht viel besser präsentieren – wenn man der Vorhersage des französischen Wetterkanals glauben durfte. Damals hielt ich mich gerade in einem Appartement in Cannes auf und packte die Koffer, nachdem ich für das spanische Fernsehen einmal mehr über das Filmfestival berichtet hatte. Es regnete. Es schüttete regelrecht, so wie es an zehn der vierzehn Festivaltage geschüttet hatte. Ein Filmfestival im Regen ist wie ein Jahr ohne Sommer: Es fehlt an Fröhlichkeit, an Glanz und Farbe. Die goldene Palme hatte der Film *Blau ist eine warme Farbe* erhalten, in enger Konkurrenz zu dem japanischen Film *Like Father, like Son,* der die Geschichte von zwei Jungen erzählt, die nach der Geburt vertauscht wurden und mit den falschen Eltern das Krankenhaus verließen: Im Fokus stand das Thema Vaterschaft und die Beziehung zwischen Eltern und Kindern unter dem Einfluss der japanischen Kultur, in der das Zeigen von Emotionen in der Öffentlichkeit verpönt ist. Was ich damals noch nicht wusste, war, dass die dort angesprochenen Gefühle kurz darauf auch in meinem sich plötzlich verändernden Leben eine große Rolle spielen würden.

Denn in jenem Sommer, den es angeblich nicht geben sollte und den es in gewisser Weise für mich wirklich nicht gab, starb mein Vater, und ich erfuhr, dass ich selbst Vater werden würde.

Diese beiden nahezu zeitgleich eintretenden Ereignisse fanden statt, als ich gerade damit beginnen wollte, mein zweites Buch zu schreiben. Das erste, ein Erzählband, war eine Art Test gewesen, ob ich in der Verlagswelt würde bestehen können, und nun würde es sich zeigen, ob ich einer jener klassischen Ein-Buch-Autoren war oder nicht. Natürlich machte mich das nervös. Mit meinem Verleger war (zumindest mündlich) bereits vereinbart, dass es bald einen Roman geben würde. Wenn auch bisher noch kein Vertrag unterschrieben und kein genauer Abgabetermin festgelegt worden war, was den Druck ein wenig verringerte. Dennoch sah ich bereits beängstigende Szenarien vor mir – und so hatte ich es auch ein wenig übertrieben im Prolog meines literarischen Debüts formuliert –, in denen ich vor den drängenden Anrufen meiner Lektorin flüchtete.

Meinen Urlaub wollte ich in diesem Jahr mit Schreiben verbringen, um mehr oder weniger diszipliniert arbeiten zu können und ein Handlungsgerüst zu entwerfen, das ich später weiterentwickeln konnte. Das jedoch stellte sich als unmöglich heraus, da ich kaum Zeit fand, mich überhaupt an den Schreibtisch zu setzen.

Mein Vater war bereits länger krank gewesen, allerdings nicht lebensbedrohlich. Und Letzteres war der Grund, warum uns das Ganze so aus der Bahn warf. Die Nachricht meines Bruders, dass der Zustand unseres Vaters sehr ernst sei, traf mich völlig unvorbereitet. Wobei mir erst, als ich in seinem Ferienhaus das Schlafzimmer betrat, bewusst wurde, dass dieses »sehr ernst« in Wirklichkeit »im Sterben liegen« bedeutete.

Der Sommer ist keine gute Jahreszeit, um zu sterben, und ein Ferienhaus verfügt weder über die nötige Ausstattung noch über die angemessene Würde, um zum Ort des letzten und definitiven Abschieds zu werden. Jedenfalls ereignete sich das Ganze in folgendem Rahmen: einem etwa zwanzig Quadratmeter großen Raum, in dem sich ein unberührtes Ehebett mit einer rosafarbenen Tagesdecke befand und daneben ein orthopädisches Bett, in dem mein Vater seine letzten fünf Tage verbrachte. Nicht weit davon ein drehbarer Standventilator, der jedes Mal, wenn das Kopfteil die Richtung wechselte, ein knackendes Geräusch machte. Und Menschen, die bei ihm vorbeischauten; Menschen, die kamen und gingen, verweinte Augen und ich und meine vier Geschwister um das elektrisch verstellbare Bett versammelt.

Der Anblick meines Vaters wirkte auf mich zunächst völlig verstörend, da ich ihn kaum wiedererkannte. Es war, als ob der Mann, der dort, bis zur Brust zugedeckt, unter dem Bettlaken lag, nicht derselbe wäre, der mich dreißig oder fünfunddreißig Jahre zuvor mit einem Arm hochheben konnte. Seine Frau, die nicht meine Mutter war, ging hin und wieder durchs Zimmer und erklärte uns die Lage, die bereits aussichtslos war. Mein Vater erkannte mich immerhin, wobei ich glaube, dass er eher das Kind sah, das ich einmal gewesen war, und nicht den Mann, der jetzt vor ihm saß. Das Morphium, das er bekam, vernebelte seine Gedanken und versetzte ihn in frühere Zeiten. Ich erinnere mich, dass er mich um ein Telefon bat, und als ich ihn fragte, wen er denn anrufen wolle, sprach er von seiner Mutter. Seiner Mutter, meiner Großmutter, die bereits fünfzehn Jahre zuvor gestorben war.

Aus jenen Tagen ist mir vor allem ein Gefühl in Erinnerung geblieben: Als ich ihm einen Kuss gab und seine Wange an meiner spürte, fühlte ich jenes Kratzen seiner frisch rasierten rauen Haut, wie ich es aus meiner Kindheit kannte. Ich denke, dass wohl alle Kinder, wenn sie ihren Vätern einen Kuss geben, rufen: »Papa, du kratzt!«

Mein Vater starb an einem Samstagmorgen, einem Tag, an dem das halbe Land sich zum Aufbruch in die Sommerferien rüstete, an jenem 31. Juli, an dem ich bekannt gab, dass ich in wenigen Monaten Vater werden würde.

Der Tod meines Vaters hatte meine ganze Zeitplanung durcheinandergebracht. Ich musste früher nach Madrid zurück, weil ich bereits meine sämtlichen Urlaubstage genommen hatte, einschließlich der drei freien Tage, die einem beim Tod eines nahen Verwandten zustehen, wenn man die Sterbeurkunde vorlegt. Die Bürokratie ist kalt und gefühllos und nimmt keine Rücksicht auf Trauer. Nach den Beileidsbekundungen und der Erledigung aller bürokratischen Schritte wird nach der Urkunde gefragt. Tatsächlich gibt es Leute, die Tote erfinden, um sich Brückentage zu erschleichen oder die Ferien zu verlängern. Wundern Sie sich nicht, runzeln Sie nicht die Stirn, mir sind durchaus einige solcher Fälle bekannt.

Am 2. August stellte ich meinen Wagen wie üblich in der Tiefgarage ab. Sie war gespenstisch leer, wirkte geradezu verwaist. Als ich zum Hauseingang kam, öffnete ich die Tür und verfluchte den Fahrstuhl, der wieder einmal defekt war. Dieses Gefährt ist zwar antik und äußerst prächtig, aber mit seiner hohen Störanfälligkeit nicht eben praktisch. Ich wohne im sechsten Stock eines Gebäudes mit sieben Etagen, und so machte ich mich resigniert an den Aufstieg. Im dritten Stock trat ich auf etwas. Ich machte Licht und sah einen dicken Schlüsselbund vor mir liegen. Ohne groß nachzudenken, hob ich ihn auf und ging weiter nach oben, schloss im vierten Stock die offene Aufzugtür, die den Aufzug wahrscheinlich schon die letzten Tage blockiert hatte, schimpfte leise über den Trottel, der die Tür nicht zugemacht hatte, und kam endlich in meiner Wohnung an, wo ich mich gleich schlafen legte.

An jenem Montagmorgen klingelte der Wecker nicht oder er klingelte, ohne dass ich ihn gehört hätte. Jedenfalls war es schon ziemlich spät, als ich aufstand. Schnell trank ich eine Tasse Kaffee und trat auf den kleinen Balkon hinaus, um eine Zigarette zu rauchen. Einen Balkon, von dem aus man in andere Leben blicken konnte, die ich jedes Mal zum Zeitvertreib studierte. Im fünften Stock in der Straße gegenüber wohnte ein Mann, der um diese Zeit immer an einem alten Schreibtisch saß und Zeitung las. Darüber lebte ein Paar, das wohl erst vor Kurzem eingezogen war, da die beiden ständig etwas in der Wohnung herrichteten, entweder ein Bild aufhängten oder Gardinen anbrachten oder auf der Terrasse den besten Platz für einen Gartentisch suchten. Vermutlich würde diese Umtriebigkeit, die bereits seit mehr als einem Monat anhielt, bald ein Ende haben. Ich jedenfalls konnte meinen unterhaltsamen Aufenthalt auf dem Balkon an jenem Morgen nicht länger ausdehnen, wenn ich nicht zu spät kommen wollte.

Seit einiger Zeit ging ich zu Fuß zur Arbeit. Früher gab es von dem Fernsehsender, für den ich arbeite, einen Shuttle-Service für die Angestellten, der praktischerweise direkt vor meinem Haus hielt, doch schließlich hatten die vielen Kürzungen und Sparmaßnahmen auch vor dem kleinen Bus nicht Halt gemacht. Inzwischen hatte ich mir eine Route ausgewählt, die mich über die Calle del Marqués de Zafra bis zu einem der Eingänge des Parque Quinta de la Fuente del Berro führte. Wenn die Zeit es zuließ, setzte ich mich in dem Park einen Moment auf eine Bank, um die saubere Luft einzuatmen, die so gar nicht zu Madrid zu passen scheint. Aufgrund dieser regelmäßigen kurzen morgendlichen Pause bin ich mit den Gärtnern ins Gespräch gekommen, die die Stadtverwaltung zu entlassen plant, da angeblich zu viel Personal beschäftigt wird. Im Frühjahr hatte ich an einer Unterschriftenaktion teilgenommen, die dies verhindern wollte. Denn ein Park wie dieser muss gepflegt und gehegt werden. Der Rosmarin und der Thymian müssen genau wie die Brunnen liebevoll betreut werden. Einer der Gärtner hat mir erzählt, dass dem Wasser aus dem Brunnen früher heilende Kräfte zugesprochen wurden und dass sogar Marie Louise d'Orléans zu ihrer Zeit nichts anderes trank.

Obwohl mir an diesem Tag keine Zeit blieb, auf meiner Lieblingsbank zu sitzen, begrüßte ich die Gärtner auf meinem Weg durch den Park und erzählte ihnen von meinem verunglückten Sommer. Und als ich schließlich in der Redaktion ankam, stellte ich fest, dass ich mich gar nicht so hätte beeilen müssen, da es nichts zu tun gab. Im August gibt es in der Regel keine aktuellen Themen, und um die Kulturnachrichten zu füllen, muss man erfinderisch sein, weil die Veranstaltungskalender bis September gähnende Leere aufweisen.

Der Tag verging mehr schlecht als recht. Abgesehen von den üblichen Aufrechten, die im August die Stellung hielten, war die komplette Redaktion in Urlaub, und ich wechselte mit kaum jemandem ein Wort. Schließlich machte ich früh Feierabend, da es weder Agentur-

noch Eilmeldungen gab und noch nicht einmal eine der typischen Sommerloch-Nachrichten.

Für den Rückweg wählte ich eine weniger romantische Strecke über die Calle O'Donnell und die Calle Doctor Esquerdo bis zur Calle de Alcalá, in der ich wohne.

Insgesamt brauchte ich achtzehn Minuten, was für jemanden wie mich, der aus einer Kleinstadt stammt, ein relativ langer Fußweg ist.

Zum Abendessen machte ich mir eine japanische Fertigsuppe, die nicht gerade wie das *Cheese Curry* der Marke Cup Noodle schmeckte, die meine Freundin Mariona und ich in Tokio ausprobiert hatten, aber immerhin eine vage geschmackliche Ähnlichkeit aufwies. Das Geheimnis lag wohl in dem Instantpulver, das mit dem kochenden Wasser übergossen werden musste.

Als ich in die Küche ging, um der Stange Zigaretten, die ich dort in einer Schublade aufbewahre, ein Päckchen zu entnehmen, fiel mein Blick auf den Schlüsselbund, den ich am Vorabend im Treppenhaus gefunden hatte.

Ich betrachtete ihn genauer und zählte vierzehn unterschiedliche Schlüssel, die alle mit einer Zahl und einem Buchstaben gekennzeichnet waren. Offenbar waren es die Wohnungsschlüssel für alle Wohnungen im Haus. Wahrscheinlich hatte die Concierge, die den ganzen August in Ferien war, ihren Schlüsselbund im Treppenhaus verloren. Meine Vermutung bestätigte sich, als ich mit dem Schlüssel für die Wohnung im sechsten

Stock links problemlos meine eigene Tür öffnen konnte. Was für ein Glück, dass ich die Schlüssel gefunden habe!, dachte ich. Oder was für ein Pech – kam drauf an, wie man es sah.

Jener Sommer, der angeblich nicht stattfinden sollte und der sich im Nachhinein ironischerweise als besonders heiß erwies, hätte für mich der ideale Zeitpunkt sein sollen, um das Grundgerüst oder sogar schon einen ersten Entwurf meines Romans zu schreiben, auch wenn, wie bereits erwähnt, kein fester Abgabetermin für das Manuskript im Raum stand. So jedenfalls war der Plan. Ein knappes Jahr zuvor hatte ich das Manuskript meines ersten Buches abgegeben, das immerhin drei Monate in den Buchhandlungen präsent gewesen war und einige positive Besprechungen erhalten hatte. Während der Buchpräsentationen und Signierstunden hatten mich viele Leser darauf angesprochen, dass in meinen Erzählungen sehr häufig vom Tod die Rede sei. Das überraschte mich, denn ich war mir dessen beim Schreiben gar nicht bewusst gewesen und es hatte auch nicht in meiner Absicht gelegen. Als ich mich später noch einmal intensiver mit den Texten befasste, musste ich zugeben, dass auf die eine oder andere Art der Tod darin durchaus eine Rolle spielte. Daran musste ich plötzlich wieder denken, als ich mich mit dem Anfang meines neuen Buches beschäftigte.

Im Juni hatte ich mich mit meinen Lektorinnen getroffen, um über mögliche Themen für meinen Roman zu sprechen. Von den Themen, die ich im Kopf hatte, hatte ihnen die Geschichte meiner Großmutter am besten gefallen, einer Frau mit einer faszinierenden Lebensgeschichte, in dem Stil, wie sie sie selbst, von der Vergangenheit träumend, erzählt hatte. Das Treffen hatte im Café in der Casa de América direkt gegenüber der Plaza de Cibeles stattgefunden. Damals hatten wir noch scherzend über diesen französischen Meteorologen gesprochen, da wir tatsächlich alle drei dicke Jacken trugen, obwohl es bereits Sommer war. Ich hatte eine Mappe dabei, in der sich ein paar ausgedruckte Seiten befanden, die das enthielten, was meiner Vorstellung nach der Anfang des zukünftigen Romans werden sollte. Ich sprach drei mögliche Themen an, wusste jedoch, dass eines davon ihnen sofort gefallen würde. Sie brauchten nur fünf Minuten, um die Seiten zu lesen. Da ich ihnen dabei nicht zusehen wollte, ging ich rauchend auf der Terrasse auf und ab, blieb dann jedoch stehen und dachte an die Gespenster, die der Legende nach hier im Palacio de Linares hausten, während ich die Lektorinnen unauffällig beobachtete. Ich kann jedem nur raten, niemandem etwas zu lesen zu geben und dabei zu bleiben. Es ist eindeutig besser, sich außer Sichtweite aufzuhalten, ansonsten ziehen sich fünf Minuten unerträglich lange hin und kommen einem wie eine Stunde vor. Ich forschte in ihren Gesichtern. Was sie wohl gerade lasen? Ob sie schon an der Stelle mit der Narkolepsie waren?

Ich habe meine Großmutter mehrere Male sterben sehen. An das erste Mal kann ich mich ganz genau erinnern. Damals war ich vielleicht zehn oder elf, auf keinen Fall älter, und wir befanden uns in dem Haus, in dem wir immer die Ferien verbrachten. Dort besuchte sie uns häufig. Wenn ich auch nicht mehr weiß, wo meine Eltern damals waren, ist mir jedoch ge-

nau im Gedächtnis geblieben, dass mein Bruder am Vormittag zu einem schlammigen Tümpel gegangen war, um sich dort mit seiner Bande zu treffen und mit der Schrotflinte Frösche zu jagen. Es waren jene Zeiten und jene Sommer, als man noch »Bande« sagte, wobei ich damals wohl noch zu klein für eine solche Bande war. Wahrscheinlich war ich deswegen zu Hause geblieben.

Ich erinnere mich noch gut daran, dass meine Großmutter mir gerade sagte, was es zu essen geben würde, und nicht einmal mehr den Satz beenden konnte, weil sie plötzlich das Bewusstsein verlor. Sie verdrehte die Augen, und ihr Mund verzerrte sich auf seltsame Weise. Ich stürzte zu ihr und stellte fest, dass sie nicht mehr atmete, oder zumindest meinte ich das in meiner Unwissenheit. Voller Panik rannte ich aus dem Haus, und als ich draußen meinen Bruder sah, schrie ich, dass unsere Oma gestorben sei, dass er schnell kommen und die Frösche vergessen solle. Doch als mein Bruder herbeikam, war unsere Großmutter schon wieder auf den Beinen und fragte, ob wir Hunger hätten, so als ob nichts gewesen wäre.

Ein paar Mal war bei uns das Wort »Narkolepsie« gefallen, doch ich hatte nie weiter darauf geachtet, bis mir mein Bruder an jenem Tag erklärte, worum es sich dabei handelte. Meine Großmutter schlief in den unerwartetsten Momenten einfach ein. Es konnte passieren, dass sie mitten beim Kartenspiel plötzlich einschlief oder, nachdem sie sich bereits zwei Stunden lang einen Film angesehen hatte, beim letzten Kuss einfach umkippte. Bei einem Krimi erfuhr sie nie, wer der Mörder war, da die Narkolepsie sie regelmäßig um die Auflösung brachte. Wenn man an dieser Krankheit leidet, kommt es häufig auch zu Kataplexien, zu Muskelversagen, was dazu führt, dass man im wachen Zustand einfach zusammensackt. Mit den Jahren stellte ich fest, dass vor allem heftige Emotionen bei meiner Großmutter solche Attacken auslösten: Übermäßige Freude oder eine schlechte Nachricht, und sie sank zu Boden.

Eine solche Kataplexie hatte meine Großmutter an jenem Morgen im Sommer 1983 erlitten. (Ein Jahr, an das ich mich noch oft erinnern sollte, was ich damals natürlich noch nicht wusste.) In diesem Sommer war meine Großmutter also nicht gestorben, das sollte erst neunzehn Jahre später passieren, doch seit jenem Tag hatte ich jedes Mal, wenn sie einen solche Anfall erlitt, dieses seltsame Verlustgefühl.

Das Urteil der Lektoratsgöttinnen ließ nicht lange auf sich warten:

»Das Thema gefällt mir. Ich glaube, dass darin viele Möglichkeiten liegen, und wenn du später all das einbringst, was du uns erzählt hast, könnte es gut funktionieren.«

»Ich finde den Stoff toll. Dabei hast du von ihrem Leben ja noch gar nichts erzählt … Komm, da ist doch alles drin: Liebe, Spannung, Schicksalsschläge. Ist doch super! Ich denke, das ist genau der richtige Weg.«

Als ich mein erstes Buch schrieb, hatte ich jeden Sonntag oder, besser gesagt, jeden Sonntag, an dem es mir möglich gewesen war, eine Erzählung an meine Lektorin geschickt, damit sie mir eine Rückmeldung geben konnte. Das führte zu einer besonderen Arbeitsweise, die hauptsächlich darin bestand, dass ich gespannt und ein wenig nervös auf ihre Antwort wartete. Man hatte mir vorgeschlagen, auch diesmal wieder in ähnlichem Rhythmus vorzugehen, doch dann waren ein paar Dinge passiert, die mich eine ganze Weile vom Schreiben abhielten. Inzwischen hatten wir nun also bereits den 3. August, über Madrid lag eine unerträgliche Hitze und mit meinem Roman war ich seit jenem kühlen Junitag in der Casa de América noch keinen Schritt weitergekommen. Was bedeutete, dass ich noch gar nicht angefangen hatte.

FÜNFTER STOCK LINKS

Das Erste, was ich nach der Rückkehr von der Arbeit tat, war, den Müll hinunterzubringen. Diese eigentlich banale Sache hatte jedoch einen tieferen Sinn und war sozusagen Teil eines perfekt ausgeklügelten Plans. Die Mülleimer würden mir Aufschluss darüber geben, welche meiner Nachbarn nicht verreist und zu Hause waren. Ich überprüfte die Tonnen und fand nur einen einzigen Müllsack vor. Zufrieden ließ ich den Deckel der letzten Tonne zufallen und überquerte die Straße, um auf der Terrasse eines Restaurants, das unserem Hauseingang direkt gegenüberlag, etwas zu Abend zu essen. Von der Terrasse aus hatte ich einen perfekten Blick auf alle Fenster und Balkone meines Hauses. In den meisten Wohnungen waren die Rollläden heruntergelassen, sodass sie auch tagsüber im schattigen Dunkel lagen und in der Zeit, in der die Bewohner nicht da waren, jegliches Leben daraus verbannt war. Ferien-Düsternis. Es war bereits nach zehn, und nirgendwo brannte Licht. Ich blieb so lange wie möglich an meinem Tisch sitzen, bestellte mir noch einen Nachtisch und einen Tee. Auf der Straße war niemand unterwegs außer ein paar Katzen und zwei oder drei Betrunkenen, die regelmäßig in einer Bar in der Nähe strandeten. Ich nahm noch einmal die komplette Fassade in Augenschein: In keinem der Zimmer war ein Fernseher eingeschaltet. Denn wenn zu dieser Uhrzeit jemand bei gelöschtem Licht ferngesehen hätte, wäre das an dem bläulichen Flimmern, das der Apparat ausstrahlte, zu erkennen gewesen. Soweit ich wusste, war die Wohnung im fünften Stock links unbewohnt. Daher konzentrierte ich meine Aufmerksamkeit vor allem auf die Wohnung im fünften Stock rechts, in die ich mich flüchten wollte, wenn zufällig jemand vorbeikam oder der Aufzug in diesem Stockwerk hielt.

Einer der wenigen Vorteile des alten Aufzugs war der Lärm, den er machte: Man konnte ihn gar nicht überhören. Ich musste den Aufzug also nur ins Erdgeschoss schicken, wenn ich mich auf meine Erkundungstour begab, und im Falle eines Falles würde mich sein rumpelndes Geräusch warnen.

Seit wir eingezogen waren, hatte die Wohnung im fünften Stock links, die direkt unter der unseren lag, meine Aufmerksamkeit erregt – und das aus mehreren Gründen. Die Rollläden an den Fenstern dort waren alt, sehr alt; das Holz war nach den Wettereinflüssen vieler Winter und vieler Sommer völlig verwittert. Außerdem waren die Rollläden stets heruntergelassen. Ich hatte die Concierge bereits mehrere Male nach den Eigentümern der Wohnung gefragt und inzwischen erfahren, dass sie einem Mann gehörte, der sich so gut wie nie in Madrid aufhielt und die Wohnung nicht als feste Bleibe nutzte.

Nur ab und zu kam er vorbei, um dort eine Nacht zu verbringen.

Über den gemeinsamen Lichtschacht hatte ich in dieser Wohnung niemals Licht gesehen oder irgendeine Bewegung wahrgenommen und auch keine Stimmen gehört. Wobei es in unserem Haus eher normal war, nichts von den Nachbarn mitzubekommen. Als bei uns das Kabelfernsehen angeschlossen wurde, hatte der Techniker gesagt, dass er noch bei keinem Gebäude auf so dicke Wände gestoßen sei wie bei unserem. Ihm war bei der Arbeit sogar ein Bohrer zerbrochen. Der Vorbesitzer unserer Wohnung, Manuel Aranda, hatte uns bei der Besichtigung bereits das hohe Lied der undurchdringlichen Mauern gesungen:

»Wissen Sie, dieses Haus hat den Bürgerkrieg unbeschadet überstanden. Es ist so gut wie unzerstörbar. Früher hat man eben noch solide gebaut, nicht so wie heute, wo man die Wände umpusten kann. Wenn Sie die Fenster schließen, hören Sie nichts und niemanden und werden auch von keinem gehört. Gehen Sie doch mal kurz raus«, forderte er mich auf. »Ich wette, selbst wenn ich schreie, werden Sie mich nicht hören.«

Und er hatte tatsächlich recht. Ich trat ins Treppenhaus hinaus und hörte keinen Laut. Eine Minute später ging ich wieder hinein.

»Es stimmt, man hört wirklich überhaupt nichts. Eine super Sache, wenn man seine Ruhe haben will, es sei denn, dass etwas passiert und man um Hilfe ruft.«

Aranda hatte eine ziemlich große Klappe und Geld wie Heu. Er hatte uns die Wohnung damals relativ günstig überlassen, wenn man bedenkt, dass es zu der Zeit der Immobilienblase war und die Wohnungspreise explodierten. Aber er wollte die Wohnung loswerden, da es eine der letzten war, die er in dem Haus noch besaß. Ursprünglich hatten ihm und seiner Familie einmal das ganze Gebäude gehört, und während der letzten fünfzehn Jahre hatte er fast alle Wohnungen zu einem guten Preis verkauft. Von den alten Wohnungen waren zu dem Zeitpunkt nur noch zwei in seinem Besitz, die im sechsten Stock links und die im vierten rechts.

Sobald der Kaufvertrag unterschrieben war, wollte Aranda irgendwo an die spanische Ostküste ziehen und das Leben genießen; nach Santa Pola, wenn ich mich recht erinnere.

»Hahaha, was für ein Unsinn!«, rief er aus. »Hilfe rufen! Dafür gibt es doch heutzutage Handys! Diese Wände schützen einen perfekt vor Hitze und Kälte. Sie werden das bald zu schätzen wissen, glauben Sie mir.«

In dem aberwitzigen Plan, den ich gefasst hatte, stand die verlassene Wohnung direkt unter uns als Erste auf meiner Liste. Ich sah den Schlüsselbund durch und fand den Schlüssel gleich: Er war wesentlich älter als die anderen und der Bart ein wenig angelaufen. Wahrscheinlich sehnte er sich danach, endlich einmal wieder benutzt zu werden. Schließlich waren Schlüssel dafür gemacht, Türen, Briefkästen, Autos oder Träume aufzuschließen.

Dieser hier wurde kaum benutzt – ein trauriges Los für einen Schlüssel.

Es kommt vor, dass man, ohne zu wissen, warum, gewisse Dinge tut oder eine Entscheidung trifft, obwohl man eigentlich weiß, dass sie falsch, illegal oder sogar gefährlich ist. Ich war noch nie besonders mutig oder waghalsig gewesen und überhaupt nicht abenteuerlustig, doch ich beschloss, dass es die Sache wert war.

Vorsichtshalber blickte ich durch den Spion meiner Wohnungstür, um mich zu vergewissern, dass sich niemand im Treppenhaus befand, obwohl ich eigentlich wusste, dass meine französische Nachbarin und ihre Tochter den Sommer über zu Besuch bei ihrer Familie waren und erst im nächsten Monat zurückkehren würden. Ich war mir im Grunde sicher, dass außer mir niemand im Gebäude war, oder wenn, dann höchstens jemand im ersten oder zweiten Stock, denn von irgendwem musste ja der Müllsack stammen, den ich in der Tonne gesehen hatte. Die Nachbarn aus dem zweiten Stock rechts hatten gerade ein Kind bekommen und waren deshalb möglicherweise nicht in Urlaub gefahren, allerdings hatte ich ihren Hund nicht bellen gehört.

Und so verließ ich die Sicherheit meines Heims und vernachlässigte die Pflicht, mich weiter mit der Geschichte meiner Großmutter zu beschäftigen, bei der ich irgendwie stecken geblieben war. Stattdessen schlich ich im Dunkeln leise die Treppe hinunter. Ich verzichtete darauf, das Licht einzuschalten, denn auf diese Weise wäre ich gewarnt, wenn jemand kam und es anmachte.

Als ich die fremde Wohnungstür öffnete, ertönte ein leises Quietschen, das mich zusammenfahren ließ. Ich hielt den Atem an, und mein Herz klopfte in einer Mischung aus Angst und Erregung. Instinktiv blickte ich zur Tür der rechten Wohnung hinüber und malte mir aus, wie jemand drinnen hinter dem Spion stand und mich für einen Einbrecher hielt. Doch das war Unsinn. Die Leute, die dort wohnten, würden erst Ende August zurückkommen. Ich hatte Pedro – wenn er denn so hieß – und seine ganze Familie im Aufzug getroffen. Sie hatten jede Menge Koffer dabeigehabt, und er hatte mir erzählt, dass sie bis Ende August aufs Land fuhren. Da der 25. August ein Sonntag war, ging ich davon aus, dass sie etwa um diese Zeit zurückkehren würden.

Ich stellte an meinem Handy die Taschenlampenfunktion ein und begann die fremde Wohnung zu erkunden, die etwa die gleiche Größe haben musste wie meine.

Das Erste, was ich wahrnahm, war der Geruch: der typische muffige Geruch alter Wohnungen. Genau so hatte es im Haus meiner Großmutter gerochen. Kurz stellten sich Gewissensbisse ein, weil ich nicht genau eine Etage höher am Schreibtisch saß und Adelas Geschichte aufschrieb. Dann aber sagte ich mir mit einem Lächeln, dass ich schließlich in gewisser Weise gerade recherchierte und vielleicht auf etwas stoßen würde, was ich in den Roman würde einbauen können.

Das Holz knarrte unter mir. In der Wohnung lag noch der alte Fußboden, Parkett wie wir es gern in unserer Wohnung gehabt hätten, bis wir den Preis erfahren hatten. Ein Fischgrätparkett ließ jeden Raum gleich viel vornehmer erscheinen, und dieses Knarzen, was mich eben kurz erschreckt hatte, war ein Zeichen ehrwürdiger Eleganz. Moderne Holzböden knarzten nicht, auch wenn man noch so heftig darauf herumtrampelte.

Ich leuchtete rechts ins Wohnzimmer – oder besser gesagt, in den Raum, in dem sich bei mir oben das Wohnzimmer befand. Denn hier war kein Wohnzimmer, sondern ein Flur, der zu drei Schlafzimmern führte. Ein schmaler Flur, von dem zwei Türen nach links und eine nach rechts abgingen und der geradeaus, soweit ich es sehen konnte, in einem kleinen Wohnzimmer endete. Darin ein uralter Fernseher, auf dem ein paar gerahmte Fotos standen, zwei Ohrensessel, ein Zeitungsständer, über den ich fast gestolpert wäre, dicke Vorhänge und das Fenster mit dem alten Holzrollladen, das ich am Vorabend von dem Restaurant aus betrachtet hatte. Am liebsten hätte ich den Rollladen hochgezogen, damit das Licht von der Straße den Raum ein wenig erhellte, aber das erschien mir zu riskant. Da ich in der Dunkelheit kaum etwas erkennen konnte, hielt ich das leuchtende Handy so nah wie möglich an die Fotos. Auf allen war dasselbe Paar zu sehen: ein gut aussehender Mann, stets elegant gekleidet, mit leicht zerwühltem, etwas längerem Haar, und an seiner Seite eine hübsche Frau mit blasser Haut und halblangem Haar, die in die Kamera blickte, als schaute sie mir direkt in die Augen. Auch wenn es ja eigentlich immer der Fall war, dass der Fotografierte in dem Moment, da er geknipst wurde, in die Kamera sah, beunruhigte mich dieser wachsame Blick auf eigenartige Weise.

Ich beschloss, mir nun den Teil der Wohnung vorzunehmen, der nach hinten raus zum Lichtschacht ging, dort, wo sich bei mir die Küche, das Bad und das Schlafzimmer befanden. Ich kam in einen zweiten Flur, der etwas breiter war als der andere. Auf der linken Seite waren weitere drei Türen zu sehen, und am Ende des Flurs lag die alte Küche. Eine Raumaufteilung, wie sie vor dreißig, vierzig Jahren üblich gewesen war: lange Flure und viele kleine Zimmer. Zwei der Türen führten jeweils in ein Badezimmer. In dem einen befand sich eine Dusche, das andere war sehr klein und wahrscheinlich als Gästetoilette gedacht.

Hinter der dritten Tür lag das größte der Schlafzimmer. Ich blickte auf ein unberührtes Bett mit einer weißen Tagesdecke, einen verschlossenen Holzschrank und zwei Nachttische, die zu beiden Seiten des Betts standen. Auf dem einen Nachttisch befanden sich ein kleiner mit Wasser gefüllter Krug und ein Glas. Links neben dem Bett lag eine Zeitung auf dem Boden. Ich hob sie auf, um anhand des Datums festzustellen, wann der geheimnisvolle Nachbar zum letzten Mal hier übernachtet hatte, und erschauderte: am 20. September 1983.

In der Zeitung, die neben dem Bett lag und dieses Datum trug, stand nichts Besonderes: Bomben der Vereinigten Staaten im Libanonkrieg, die Fernsehübertragungsrechte für die Fußballspiele waren für sechshundert Millionen Pesetas verkauft worden, und Albertina Rosa Azócar, die Frau, die Neruda zu *Zwanzig Liebesgedichte und ein Lied der Verzweiflung* inspiriert hatte, würde nicht nach Madrid kommen können, um eine Ausstellung mit Neruda gewidmeten Gedichten und anderen Texten zu eröffnen.

Nachdenklich ging ich in das kleine Wohnzimmer zurück und ließ mich in einem der beiden Ohrensessel nieder.

Das Licht weckte mich auf. Einige Sonnenstrahlen drangen durch die Ritzen der alten Rollläden und malten horizontale Linien an die Wand. Ich schreckte hoch und stellte fest, dass ich eingeschlafen war. Es war acht Uhr morgens, und ich saß in einer Wohnung, die nicht meine Wohnung war, und blickte in gerahmte Gesichter, die mich durch die einzelnen Sonnenstrahlen hindurch unverändert lächelnd ansahen. Bei genauer Betrachtung der Fotos erkannte ich im Hintergrund Piccadilly Circus, den Louvre und das Kolosseum.

Im Haus war es immer noch still. Weder war das Klingeln eines Weckers zu hören, der einen meiner Nachbarn aus dem Schlaf riss, noch das Weinen eines Babys. Nirgendwo roch es nach Kaffee, und wie es schien, hatte sich der Aufzug aus dem Erdgeschoss nicht wegbewegt.

Ich beschloss, das gedämpfte Tageslicht zu nutzen und mich noch ein wenig umzusehen. In einem der Schränke befanden sich alte Tassen und Gläser, in einem anderen Tüten voller Fotografien, die leicht verblichen waren oder die Farben früherer Zeiten aufwiesen, ein paar Reinigungszettel und eine Quittung aus einem Pfandhaus über einen Goldring mit zwei kleinen Diamanten und einem Rubin.

Der Zeitungsständer neben dem Sessel war vollgepackt mit Zeitungen. Wahllos zog ich eine heraus: 20. September 2002. Ich griff nach einer anderen: 20. September 1987. Eine weitere und noch eine: 20. September 1999 und 20. September 2005.

Ich merkte, wie ich eine Gänsehaut bekam: In diesem Zeitungsständer befanden sich sämtliche Ausgaben einer Tageszeitung vom 20. September der letzten dreißig Jahre.

Es war gut, dass an diesem Tag in der Redaktion nichts Besonderes anliegen würde, denn ich hatte nur dieses eine Datum im Kopf. Warum hatte mein Nachbar all diese Zeitungen von diesem einen Tag aufbewahrt? Das war merkwürdig.

Ich lehnte mich im Sessel zurück und überlegte. Wegen der Gleitzeitregelung im Sommer hatte ich den Nachmittag frei und würde mich anschließend wieder dem widmen können, was zu meiner neuen Hauptbeschäftigung geworden war: das Haus zu erkunden, im dem ich wohnte. Ich nahm mir vor, auf jeden Fall auch noch die Wohnung von Doña Amalia anzusehen, die sich im zweiten Stock links befand, die von Doña María und die Dachgeschosswohnung, in der ein Schauspieler lebte. Doch die Wohnung, in der ich mich gerade befand, schien mir am interessantesten.

In diesem Moment klingelte mein Handy, und ich zuckte zusammen. Es war Mariona.

»Hallo! Wie geht es dir? Bist du gut nach Hause gekommen? Du hast mich noch gar nicht angerufen. Und – wie ist es in Madrid? Ist es heiß wie immer? Oder doch kühl, wie sie es angekündigt haben?«

»Gut, alles bestens. Das Haus ist allerdings wie ausgestorben. Und von der angekündigten Kälte ist hier jedenfalls nichts zu spüren – die Orchidee, die Juan und Patxi uns geschenkt haben, ist leider eingegangen.«

»Oje, wir haben wirklich kein Glück mit Pflanzen! Und? Hast du schon angefangen zu schreiben? Hast du noch mehr über die Geschichte deiner Großmutter herausgefunden? In welchem Friseursalon hat sie denn nun gearbeitet?«

»Na ja, sagen wir, ich bin ein bisschen ins Stocken geraten, aber ich bleib dran. Und du? Wie geht es dir? Ist dein Bauch dicker geworden? Lässt der Kleine dich schlafen?«

»Also ich bin um einiges dicker geworden, viel dicker, würde ich sagen. Und nachts scheint das Baby Fußball zu spielen, es kickt die ganze Zeit gegen die Bauchdecke. Warum sprichst du so leise? Ich höre dich kaum. Ist alles in Ordnung?«

»Es ist nichts, Liebes, ich bin nur etwas müde. Mach dir keine Sorgen, bald sehen wir uns wieder. Einen ganz dicken Kuss, ich muss jetzt auflegen, weil ich vor der Arbeit noch ein wenig schreiben will.«

»Alles klar, auch einen Kuss von mir, ich liebe dich.«

»Ich liebe dich auch.«

In der Wohnung im fünften Stock links gab es kein Telefon. Da der Mann, dem die Wohnung gehörte, ja fast nie hier war, hatte er sicher den Anschluss gekündigt. Ich stellte mein Handy auf lautlos und begann, in dem alten Sessel sitzend, mich näher mit den Zeitungen zu beschäftigen.

Es war eigenartig zu sehen, wie sich Jahr für Jahr die Meldungen wiederholten. Die Namen änderten sich, aber im Grunde war es immer das Gleiche. Ich ging das Kinoprogramm der letzten dreißig Jahre durch: *Gremlins – Kleine Monster, The Purple Rose of Cairo, Matador, Big Trouble in Little China*. Fast alle der Filme hatte ich gesehen. In eine der Zeitungen vertieft, las ich Filmtitel und Namen von Kinos, die es nicht mehr gab und in denen ich nie gewesen war, als ich plötzlich auf eine umrandete Anzeige stieß, eine Art Todesanzeige, die jedoch nicht wirklich eine Todesanzeige war, weil sie weder Lebensdaten noch ein religiöses Symbol enthielt. Ich las häufig Todesanzeigen, was wohl eine Angewohnheit von Menschen ist, die wie ich aus einer Kleinstadt stammen. Denn dort erfährt man oft aus der Lokalpresse, dass ein Bekannter gestorben ist. Todesanzeigen faszinierten mich sogar so sehr, dass ich einmal eine Reportage über diese Thema gemacht hatte.

Liebe Ana,
drei Jahre sind eine lange Zeit ohne Dich. Ich habe immer noch dieselbe Arbeitsstelle, diesen langweiligen Job, dem ich schon immer entkommen wollte, wohne noch immer in derselben Wohnung, in die wir damals voller Hoffnung unsere gesamten Ersparnisse gesteckt haben, und alles ist gleich, aber nichts ist mehr dasselbe. Ich vermisse Dich, ich vermisse Dich so sehr, dass ich jeden Tag mir Dir rede, jeden Tag mit Dir esse, jeden Tag neben Dir schlafe. Aber ich weine nicht mehr; ich kann nicht mehr weinen, weil ich keine Tränen mehr habe.
In Liebe
Simón

Wie schön!, dachte ich. Was für eine wunderbare Art, seine Gefühle mit der Öffentlichkeit zu teilen. Ein bewegender Versuch, den Kampf gegen das Vergessen zu gewinnen! Eine Liebe, der man nicht entrinnen kann, die Liebe eines jener Paare, deren Bestimmung von Geburt an darin liegt, diesen einen Weg zu gehen, der zu dem des anderen führt und sie vereint, um gemeinsam die Sonnenuntergänge zu betrachten. Kurioserweise war dieser Liebesbrief, der über das Leben oder den Tod hinausging, direkt neben der Filmanzeige von *Die Farbe des Geldes* abgedruckt, in dem Paul Newman mitspielt. In meiner Phantasie stellte ich mir diesen Simón bereits so ähnlich wie Paul Newman vor und Ana wie Joanne

Woodward, vielleicht weil auch ihre Liebegeschichte so besonders war und so lange hielt.

Ich las die Gedenkanzeige, diesen wunderbaren Brief, noch einmal und blieb an den erwähnten drei Jahren hängen. Vielleicht bedeutete das, dass es noch weitere Anzeigen gab. Aufgeregt griff ich nach der nächsten Zeitung und blätterte darin, als suchte ich einen Schatz.

Liebe Ana,
es ist gut, dass ich mir immer Deine Fotos ansehen kann, denn die Erinnerung an Dein Gesicht beginnt zu verblassen, und auch ich habe keine Ähnlichkeit mehr mit dem Mann, den Du einmal geliebt hast. Ich bin alt geworden, und mein Gesicht verändert sich zusehends, während Du noch immer entzückend aussiehst, im Arm jenes Mannes, der einmal ich gewesen bin, in Paris oder in Rom. Es ist ungerecht, ich bin nicht mehr derjenige, der ich war, Du dagegen bist immer noch dieselbe. In diesem Jahr ist nichts Erwähnenswertes geschehen, außer dass ich Dich jeden Tag, jede Stunde, jede Minute vermisse.
In Liebe
Simón.

Es war die Zeitung vom 20. September 2001. Ich rechnete nach: Zu diesem Datum mussten seit Anas Tod achtzehn Jahre vergangen sein. Ein Blick auf die Uhr sagte mir, dass es Zeit war, mich auf den Weg zur Arbeit zu machen.

Ich legte alles wieder so hin, wie ich es vorgefunden hatte. Dann ging ich in meine Wohnung hinauf, duschte, zog mich an und dachte dabei ununterbrochen an die Geschichte von Ana und Simón. Nachdem ich meine Wohnung verlassen hatte, eilte ich die Treppe hinunter, und als ich an den Briefkästen vorbeikam, die mit Werbeprospekten vollgestopft waren, hatte ich eine Eingebung, eine Art Geistesblitz. Ich suchte den Briefkasten der Wohnung im fünften Stock links, und dort standen tatsächlich noch ihre Namen:

ANA GÓMEZ SERNÁ
SIMÓN HURTADO DÍAZ

Es überraschte mich nicht, Simóns Namen auf dem Schild zu lesen, aber dass auch ihrer noch dort stand, fand ich seltsam. Dreißig Jahre nach ihrem Tod würde ihr wohl niemand mehr schreiben. In der Regel erhielten Verstorbene nach so langer Zeit keine Post mehr. Dennoch hatte Simón es, wie es aussah, nicht übers Herz gebracht, Anas Namen von etwas so Alltäglichem wie dem Briefkastenschild zu entfernen. Letztendlich konnte man eine große Liebe wohl oft auch in den kleinen Dingen des Alltags entdecken.

An diesem Tag beschäftigte ich mich während meiner Arbeitszeit hauptsächlich damit, mehr über diese beiden Menschen herauszufinden.

Ich gab im Internet den Namen »Simón Hurtado Díaz« ein und erhielt mehrere Ergebnisse.

Simón hatte als Journalist für *Ahora* gearbeitet, eine recht angesehene Tageszeitung, die nach dem Bürgerkrieg in Spanien gegründet und vor Beginn der Demokratie eingestellt worden war. Also fragte ich meine Kollegen vom Dokumentationsservice, ob es irgendeine Möglichkeit gab, an Archivmaterial von *Ahora* zu kommen. Ich hatte Glück und erhielt den Zugangscode, sodass ich mir Simóns Artikel ansehen konnte. Dabei stellte ich fest, dass er für die Kulturredaktion gearbeitet und hauptsächlich Besprechungen über Kunstausstellungen geschrieben hatte. Seine Artikel waren nicht übel, womit ich meine, dass er nicht die üblichen langweiligen Abhandlungen verfasste, sondern fast literarisch schrieb, manchmal ein bisschen zu ausgeschmückt, mit zu vielen Adjektiven. Und ich vertiefte mich darin.

SIMÓN

Bei Simóns Geburt war die Hilfe von dreihundert Leuten notwendig gewesen; na ja, von *fast* dreihundert Leuten.

An jenem Tag war María, seine Mutter, mit ungewöhnlich starken Schmerzen aufgewacht, die Wehen kamen in kurzen Abständen, und obwohl Simón erst einen Monat später erwartet wurde, ging auf einmal alles sehr schnell. In Nimel, einem Ort mit kaum dreihundert Einwohnern, gab es seit drei Jahren keinen Arzt mehr, und das nächste Krankenhaus lag mehr als zwei Stunden mit dem Auto entfernt. Daher hatte María geplant, zwei Wochen später in die Stadt umzuziehen, um dort problemlos ihr Kind zur Welt zu bringen. Doch nun kam es anders.

Die Schmerzen waren unerträglich. Die alten Leute aus dem Dorf schauten vorbei und versuchten irgendwie zu helfen, indem sie Wasser erhitzten oder seltsame Kräutertees zubereiteten, oder sie standen einfach herum, sahen anteilnehmend zu und seufzten. Gabriel, der werdende Vater, war bei all dem Geschrei, den Gebeten und der Heulerei von allen Seiten, diesem ganzen Durcheinander, ohne dass etwas passierte, kurz davor, das Bewusstsein zu verlieren.

Er und María hatten sich zehn Jahre zuvor auf einem Dorffest kennengelernt. Besser gesagt, waren sie sich in diesem Moment ihrer Liebe bewusst geworden, denn sie kannten sich eigentlich schon, seit sie auf der Welt waren. Als kleine Kinder hatten sie auf derselben Straße gespielt, was in einem Dorf, in dem es sonst keine andere Unterhaltung gab, als auf den nächsten Tag zu warten, der beste Ort zum Spielen war. Dann waren sie nebeneinander aufgewachsen, ohne großartig Notiz voneinander zu nehmen, bis eines Tages beim Tanzen der Funke übersprang, aus dem der kleine Simón hervorgehen sollte. Gabriel arbeitete auf dem Land und bemühte sich außerdem, Marías Leben interessanter zu machen, damit sie nicht länger die Zeit totschlagen musste. Er überlegte sich alles Mögliche, um ihre Langeweile zu vertreiben, zum Beispiel schrieb er ihr jeden Abend einen Liebesbrief und warf ihn in den Briefkasten, und am nächsten Morgen wurde er von Anselmo, dem Briefträger, der nicht wirklich weit entfernt lebenden Empfängerin gebracht. Das Erwarten der Briefe wurde zu einer schönen Routine und machte den Tag für Gabriels Frau erträglicher. Abends begab sich Gabriel zu der Rundfunkstation, die er dank seines handwerklichen Geschicks und einiger seltsamer schwerer Apparate, die ihm ein Freund aus Deutschland mitgebracht hatte, betrieb. Er hatte beinah sämtliche Dorfbewohner davon überzeugen können, sich einen Empfänger zu kaufen, sodass sie auf diese Art erfuhren, was im Dorf geschah. Deswegen kam eines Tages auch ein Lastwagen mit gebrauchten Röhrenradios ins Dorf gefahren, die bereits einige Jahre auf dem Buckel hatten, aber noch einigermaßen funktionierten.

Seit diesem Tag waren ab neun Uhr abends die Straßen von Nimel wie ausgestorben. Vor allem im Sommer hörte man aus jedem Haus die Stimme Gabriels erschallen. Er begann seine Sendung jedes Mal auf die gleiche Art: »Guten Abend, liebe Nachbarn. Wie immer eröffnen wir unser Programm mit den Nachrichten des Tages, doch lasst uns vorher, zum Durchatmen und um unserer Phantasie freien Lauf zu lassen, ein Lied hören …«

Die Musik mischte sich mit dem abendlichen Gebell der herrenlosen Hunde, die sich wenig dafür interessierten, was da im Radio erzählt wurde, und die allgemeine Ablenkung nutzten, um ihre leeren Mägen mit irgendwelchen Resten zu füllen, wenn es auch kaum Reste gab.

Für die Dorfbewohner war dies die schönste Zeit des Tages. Jene Melodien, die bis in die letzten Winkel der Häuser erklangen, Türen und Fenster durchdrangen und von den Wänden zurückschallten, sich in den Haaren verfingen und mit den lang zerstörten Träumen aller vermischten, waren Balsam für die geschundenen Seelen und die rissigen Hände, welche die Spuren des winters wie sommers harten, schwer erkämpften Lebens trugen.

Nachdem Gabriel kurz die so gut wie nicht vorhandenen Nachrichten verlesen hatte, ging es mit der Fortsetzungsgeschichte weiter, die er begonnen hatte und in der es um eine als Theaterschauspielerin und gelegentliches Modell tätige junge Dame namens Letitia Anne Sage ging, die allen als Leticia oder Leti bekannt war. Diese Geschichte hatte ihm eine Cousine erzählt, die im Prado arbeitete, während sie vor einem Gemälde des Malers John-Francis Rigaud standen: *Vincenzo Lunardi mit seinem Assistenten George Biggin und Letitia Anne Sage in einem Ballon*. Gabriel fuhr oft in die Hauptstadt, um seine Verwandten dort zu besuchen und um sich in den Galerien des Museums zu verlieren, das ihn regelrecht hypnotisierte. Auf jenem Gemälde, das damals gerade restauriert wurde, waren zwei Männer und eine Frau in einem Heißluftballon zu sehen. Dabei schienen die drei sich eher darauf zu konzentrieren, dem Maler adäquat Modell zu stehen, als den vermutlicherweise historischen Moment zu genießen. Letitia war damals die erste Frau, die auf diese Art die Erde verließ, die erste, die sich ein paar – für die Zeit des achtzehnten Jahrhunderts ziemlich viele – Meter nach oben in die Luft begab und die Welt von dort aus betrachtete. In der im Radio erzählten Fortsetzungsgeschichte ging es genau um diese Begebenheit, und Gabriel mischte dieser Geschichte, die sich wirklich zugetragen hatte, mit großer Fabulierfreude und überbordender Phantasie die außergewöhnlichsten Abenteuer und Verwicklungen bei. Möglicherweise gelangten Gabriels Worte irgendwie in den Bauch von Simóns Mutter, und vielleicht war das der Ursprung für seine spätere Begeisterung für die modernen Kommunikationsmittel, für Erzählungen und die Romantik. Jedenfalls hatte er selbst immer geglaubt, dass jene Geschichte so wie viele andere die Plazenta seiner Mutter durchdrungen und den Weg in seine damals noch winzigen Ohren gefunden hatte.

Gabriels Fortsetzungsgeschichte hatte einen so großen Einfluss auf die Dorfbewohner, dass sich durch sie eine bestimmte Formulierung einbürgerte, jemandem zu sagen, dass er geistesabwesend war:

»Was ist los, Simoncito? Du wirkst irgendwie zerstreut. Woran denkst du? Du bist genau wie Letitia, schwebst immer irgendwo über den Wolken.«

Dabei war es zu niedlich, wie die Leute den Namen der Luftpionierin aussprachen, denn sie gaben sich dabei größte Mühe und betonten die Buchstaben, wobei das geträllerte »e« eine Art Signal war, das den Rest des Wortes ankündigte. »Lé« (Pause + Luftholen + Pause und kurzer Rückblick, ob man es auch richtig ausgesprochen hatte) und »t«, dann »tisia« mit »s«, das viele übertrieben, um vornehmer zu wirken.

»Worum geht es heute?«, fragte Anselmo, der Briefträger, eines Tages Gabriel.

»Heute ist mein Lieblingskapitel an der Reihe. Es ist Juni in London, und wenn es das Wetter erlaubt, wird Letitia mit zwei Herren in einem Heißluftballon in den Himmel aufsteigen.«

»Das ist das Ereignis von dem Gemälde, das du in Madrid gesehen hast, stimmt's?«

»Genau, der Ursprung der ganzen Geschichte, woraufhin ich mich erst näher mit der jungen Frau und dem, was sie erlebt hat, beschäftigt habe. Alles, was ich vorher erzählt habe, galt nur der Unterhaltung, um Aufmerksamkeit zu erregen und Neugierde zu wecken.«

»Sag mal«, fuhr Anselmo fort, »und wer waren die Männer in dem Ballon?«

»Also: Für mich ist der rechts auf dem Bild der interessantere, der, der den Hut schwenkt. Achte mal auf seinen Gesichtsausdruck und die Geste«, meinte Gabriel, während er Anselmo eine alte Schwarzweißkopie des Gemäldes zeigte, auf der nicht wirklich viel zu sehen war. »Das ist Vincenzo Lunardi, ein echter Revolutionär, der in England als Erster geflogen ist. Am 15. September 1784 stieg er vor fünfzigtausend Zuschauern, die nur ahnen konnten, was ihnen geboten würde, von einem ehemaligen Schlachtfeld in London aus in die Luft und landete nach zwei Stunden und fünfzehn Minuten in Hertfordshire. Die Geschichtsbücher erzählen, dass er eine Flasche Champagner und zwei Hähnchenschenkel auf die Reise mitnahm und dass die Bauern, die er bat, ihm beim Festmachen des Ballons zu helfen, voller Angst die Flucht ergriffen, als sie sahen, dass da etwas aus der Luft angeflogen kam. Eine junge Milchbäuerin hat ihn schließlich unter Aufbietung all ihrer Kräfte dabei unterstützt, wieder festen Boden unter den Füßen spüren zu können. Sie hieß Elizabeth. Lunardi wurde mit seinem Ballonflug zu einem der berühmtesten Männer Englands.«

»Hör mal«, entgegnete Anselmo, »dann würde ich an deiner Stelle vor dem Ende der Letitia-Geschichte auch noch von Lunardi erzählen. Die Leute lieben doch solche Abenteuer.«

»Ja, gut möglich, dass ich das mache. Vielleicht sollte ich mich mehr auf Lunardi konzentrieren und meinen Text entsprechend umschreiben. Aber dann muss ich das Ganze noch ein bisschen ausschmücken. Möglicherweise schmücke ich die Begegnung mit der Milchbäuerin noch etwas aus, zum Beispiel, indem ich behaupte, dass sie seinem Herzen Flügel verliehen hat. Übrigens heißt es, dass er sehr gut ausgesehen hat – ein etwas femininer Typ mit langem lockigem Haar, jedoch mit kühnem, wagemutigem Blick – und dass ihm nur wenige Frauen widerstehen konnten. Sieh dir doch mal an, was ich vorbereitet habe.«

Gabriel gab Anselmo ein Blatt Papier, der sofort begierig zu lesen begann:

»›Letitia war bereits ein großer Star, an jenem Morgen des 29. Juni 1785. Obwohl der Tag bewölkt begonnen hatte und Gewitter drohten … [genau den Tag beschreiben] … hatte eine leichte, jedoch anhaltende Brise die Wolken hinfortgeblasen …‹ Warum steht da das mit der Beschreibung des Tages, Gabriel?«

»Das macht man so. Wenn man schreibt und einem an einer Stelle nicht das Richtige einfällt, notiert man sich solche Stichworte, die einen daran erinnern, dass man dort dem Text noch etwas hinzufügen muss.«

Es war unglaublich, wie viel Phantasie und Interesse für die Fiktion Gabriel entwickelt hatte. Ohne je zur höheren Schule gegangen zu sein oder sonst eine

Ausbildung erhalten zu haben, war er mit seinen dreißig Jahren der klügste, aufgeweckteste und wissbegierigste junge Mann im ganzen Ort. Zweifellos hatten dazu auch die Stunden beigetragen, die er in der kleinen Dorfbibliothek verbracht hatte, wo dem Bestand immer mal wieder durch Schenkungen neue Bücher hinzugefügt worden waren. Denn dort hatten Jules Verne und Melville in Gabriel einen begeisterten Leser gefunden.

Gabriel nahm die Sache mit dem Radio sehr ernst und erlaubte sich nur jeden Donnerstagabend für eine Stunde einen kleinen Spaß. Das war seine Zeit, was bedeutete, dass er dann das Radioprogramm für nur eine einzige Hörerin machte und ihm alle anderen Hörer egal waren. Jedes Wort und jedes Lied galten dann nur María, auch wenn er sie niemals namentlich erwähnte. Jeder Satz, jedes Gedicht, jede Melodie waren nur für sie.

Daher waren an den Donnerstagen in Nimel Botschaften folgender Art im Radio zu hören: »Du warst immer schon bei mir, doch irgendetwas hat mir die Augen verdeckt oder mich blind werden lassen, sodass ich dich nicht sehen konnte, denn nur so lässt sich erklären, warum ich mich nicht schon viel früher nach deiner Haut und deinem Duft gesehnt habe.«

Wenn ein derartiges Geständnis dann zum Beispiel von Doña Antonia und Doña Francisca gehört wurde, hielten die beiden alten Damen sich den Kopf und beteten ein Ave-Maria.

Mit einer solchen Liebeserklärung war der arme Gabriel gerade beschäftigt, als Esteban, der Bäcker, und Anselmo, der Briefträger, hereinplatzten, um ihm zu sagen, dass seine Frau kurz vor der Niederkunft stand.

Gabriel spielte daraufhin irgendein Lied im Radio und eilte nach Hause. Als er dort ankam, hatte María das Gesicht schmerzhaft verzogen, sie weinte und schwitzte derartig, dass es schien, als käme sie aus der Badewanne. Als man Gabriel erklärte, dass sich das Kind in Steißlage befinde, verstand er nicht wirklich, was das hieß, aber er spürte, dass das keine gute Nachricht war. Das Lied im Radio, das in allen Häusern erklang, war irgendwann zu Ende, und stattdessen waren aus Gabriels Haus die Schmerzensschreie zu hören, die alle zutiefst beunruhigten. Diejenigen im Dorf, die als Geburtshelfer ein wenig Erfahrung hatten, wagten in diesem Fall nicht einzugreifen, denn als der kleine Ernesto oder die kleine Eva ebenfalls zu früh geboren waren, hatten sie die Mütter nur beim Pressen unterstützen müssen, dies hier jedoch überforderte sie.

Gabriel lief ins Haus des Bürgermeisters, um einen Krankenwagen zu rufen. Der jedoch war gerade zu einem anderen Notfall unterwegs und konnte frühestens in drei Stunden in Nimel sein. Doch drei Stunden Zeit hatte María nicht mehr. Da fiel Gabriel das kleine Flugzeug von seinem Nachbarn Fulgencio ein, und er stürzte zu ihm hinüber.

Fulgencio hatte zwei Jahre zuvor in Madrid ein altes Flugzeug gekauft. Er flog nicht viel damit, doch es in seinem Schuppen zu haben gab ihm das Gefühl, jederzeit an jeden anderen Ort fliehen zu können. Von den Dorfbewohnern hatte sich bis dahin noch niemand getraut, mit ihm eine Runde über den Wolken zu drehen.

»Fulgencio, ich brauche deine Hilfe! María liegt in den Wehen, und es gibt Komplikationen. Der Krankenwagen kann erst in drei Stunden hier sein. Du musst uns zum Krankenhaus fliegen.«

»Bist du verrückt, Gabriel! Seit Monaten habe ich das Flugzeug nicht einmal mehr gestartet. Und dann noch um diese Uhrzeit? Wir müssen auf den Morgen warten, um etwas sehen zu können.«

»Aber wir können nicht mehr warten, sonst stirbt das Kind oder María oder alle beide. Ich flehe dich an, Fulgencio!«

»Nein, Gabriel, so kann ich wirklich nicht losfliegen!«

Esteban, der inzwischen auch bei Fulgencio eingetroffen war, fragte, was er denn brauche, um abheben zu können.

»Eine beleuchtete Startbahn.«

Daraufhin rannte Esteban zur Radiostation, schaltete sämtliche Geräte wieder ein, erhöhte die Lautstärke und machte eine Durchsage an alle:

»Guten Abend, ich bitte um allgemeine Aufmerksamkeit. María liegt in den Wehen und kann das Kind hier nicht zur Welt bringen. Der Krankenwagen kann erst in drei Stunden hier sein. Daher wollen wir sie mit Fulgencios Flugzeug ins Krankenhaus bringen, aber damit er fliegen kann, brauchen wir eure Hilfe. Ich bitte jeden von euch, zu dem großen Platz hinter dem alten Weizenlager zu kommen und die Fackeln mitzubringen, die wir alle zu Hause haben, falls mal der Strom ausfällt. Dort müsst ihr euch in zehn Metern Abstand zu zweit oder zu dritt mit euren Fackeln aufstellen und eine zweihundert Meter lange Startbahn bilden, die man gut sehen kann. Das darf nicht länger als zwanzig oder fünfundzwanzig Minuten dauern, damit Fulgencio rechtzeitig abheben kann.«

Das ganze Dorf machte sich eilig ans Werk. In den Straßen waren so viele Menschen unterwegs wie sonst nur zur Osterprozession. Wenn in diesem Moment ein Flugzeug über den Ort geflogen wäre, hätte man von dort oben sicher den leuchtenden Fleck gesehen, zu dem der kleine, auf den wenigsten Landkarten verzeichnete Winkel dieser Erde plötzlich geworden war. Nach einer Viertelstunde war die Startbahn bereits fertig. Sämtliche Dorfbewohner, einschließlich der Kinder und Doña Antonia und Doña Francisca, waren zu Scheinwerfern geworden.

So kam es, dass Simón mit Hilfe aller dreihundert Einwohner Nimels geboren wurde. Und das war der Grund, warum er fest davon überzeugt war, seine Begeisterung für den Journalismus seinem Vater und jener Nacht, in der das Radio sein Leben gerettet hatte, zu verdanken.

Nach diesem schwierigen Start ins Leben war Simón sozusagen dazu bestimmt, ein ganz besonderer Mensch zu werden. Obwohl er etwas zurückhaltender als andere war, war er doch ein guter Schüler und Student, ein begeisterter Leser und Erzähler. Mitte der Fünfzigerjahre hatte er bei *Ahora* als Volontär begonnen und schließlich die Kulturredaktion übernommen. Und immer, wenn er in den Prado ging, blieb er einen Moment vor dem Bild von Letitia, stehen, lächelte und wandte sich dann Lunardi zu. Und dort, vor diesem Gemälde von Rigaud, hatte er auch Ana kennengelernt, die er bei einem Selbstgespräch ertappte. Kein Schriftsteller hätte sich für seinen Roman einen passenderen Ort ausdenken können.

Ich kehrte zurück in meine Wohnung ein Stockwerk über der, in der Ana und Simón sich so oft geliebt hatten.

Aber irgendwie fand ich keinen Schlaf, immerzu musste ich an die vielen Geschichten denken, die ganz in unserer Nähe geschehen und von denen wir niemals erfahren oder vielleicht auch erfahren wollen. Ich stellte mir den Tag vor, an dem Ana gestorben war, wie Simón nach Hause gekommen war und vielleicht einem Nachbarn begegnete, der ihn höflich grüßte, ohne sein tränennasses Gesicht, seine verzweifelte Haltung, seinen Drang, laut zu schreien, wahrzunehmen. Möglicherweise hatte Noelia, unsere Concierge, es noch nicht erfahren, sodass sie ihm einfach ein Paket in die Hand drückte, das der Postbote für ihn abgegeben hatte, oder ihm mitteilte, dass der Aufzug wieder einmal kaputt war und er die Treppe nehmen musste, während er repariert wurde – ohne zu merken, dass das, was Simón zerstört hatte, irreparabel war. Unsere Leben verlaufen nebeneinander her, doch außer zu manchen Gelegenheiten berühren sie sich nie. Ganz in unserer Nähe kann der Schmerz jemanden treffen, ohne dass wir es bemerken; kann das Leid für immer in die Wohnung im fünften Stock links einziehen, ohne dass es uns bewusst ist, es sei denn, jemand teilt uns die schlechte Nachricht mit, doch auch dann haben wir sie, wenn wir im sechsten Stock angekommen sind, schon fast vergessen. Wir sind immun geworden gegen das Leid anderer, das uns vielleicht noch in den ersten fünf Minuten bewegt, aber dann nicht mehr.

Ich lag im Bett mit all diesen Überlegungen, und plötzlich dachte ich, dass die Geschichte aus der Wohnung im fünften Stock links vielleicht ein guter Stoff für meinen Roman wäre. Eine Geschichte um Liebe und Einsamkeit. Denn mit dem Stoff meiner Großmutter kam ich irgendwie nicht voran.

Am folgenden Abend brachte die sommerliche Hitze mich auf die Idee, in einer der Dachwohnungen auf der Terrasse zu Abend zu essen. Ich ging rasch in Simóns Wohnung vorbei, um mir die Zeitungen vom 20. September und einige Fotos zu holen, und betrat kurz darauf die Wohnung im siebten Stock links. Seit zwei Tagen war ich nun der alleinige Herr des Hauses. Die Nachbarn aus dem zweiten Stock schienen inzwischen auch verreist zu sein, dennoch hatte ich mir angewöhnt, möglichst unauffällig durchs Treppenhaus zu schleichen. Ich verzichtete darauf, den Aufzug zu benutzen, und wusste bereits, wo sich verräterische Stufen befanden, die etwas höher waren als die anderen und leicht zur Stolperfalle werden konnten.

Ich war schon immer ein großer Fan von Dachwohnungen, auch wenn man die Terrasse, so man denn eine hatte, nicht wirklich oft benutzte, woran meine Mutter mich immer wieder erinnerte. Die Wohnung im siebten Stock links hatte der Schauspieler gemietet. So jedenfalls nannten Mariona und ich ihn immer. Er musste um die vierzig sein, und wenn ich ihn frühmorgens im Aufzug traf, war er stets höflich. Dass er Schauspieler war, hatte uns Noelia, die Concierge, irgendwann erzählt. Sie meinte, er habe in einigen Fernsehserien mitgespielt, doch vor allem drehe er Filme im Ausland und sei ein sehr zurückhaltender Mensch.

Die Aufteilung dieser Wohnung war wieder eine ganz andere. Unglaublich, welch unterschiedliche Formen man so wenigen Quadratmetern geben konnte. In diese Wohnung trat man ein und stand sofort mittendrin. Manche Leute zogen es vor, dass man von der Eingangstür erst einmal in einen kleinen Flur kam, sodass, wenn ein Nachbar an der Tür klingelte oder der Lieferant vom Supermarkt kam, von der Wohnung selbst nichts zu sehen war und die Intimität gewahrt blieb. Das war dann wie beim Zoll, wo man so etwas wie einen Passierschein brauchte, um durchgelassen zu werden. Das hier jedoch war eine Wohnung ohne Grenzen, in der die Zeit stehen geblieben zu sein schien – mit einem abgewetzten Kunstledersofa, einer hölzernen Schrankwand und einem alten Fernseher von Telefunken, dem ein Receiver hinzugefügt worden war. Außerdem standen ein paar Tierfiguren aus Glas herum. Vor allem fielen mir die Steckdosen und die Lichtschalter auf, die aus einem anderen Jahrhundert zu stammen schienen. Das Wohnzimmer war dort, wo sich in meiner Wohnung das Arbeitszimmer befand, und ging auf die Terrasse hinaus. Noch ein weiteres Zimmer hatte einen Zugang zur Terrasse, das lediglich mit einer Matratze und einer Nachttischlampe ausgestattet war. Alles war sehr spartanisch, nicht gerade einladend und sehr spärlich möbliert. In der uralten Küche hing eine Korkpinnwand mit Fotos des Schauspielers, die ihn in einem anderen Wohnzimmer, einer anderen Küche und einem anderen Arbeitszimmer zeigten – Orten jedenfalls, die nicht zu dieser Wohnung hier gehörten.

Ich trank einen Schluck Wasser und spazierte durch die Zimmer: noch ein paar hohe Betten mit Wollmatratzen. Als ich die Matratzen anhob, wurden darunter die Sprungfederrahmen sichtbar. Solche Betten kannte ich gut, denn während ich Journalismus studiert hatte, hatte ich in der Wohnung meiner Großmutter gelebt und für eine Weile derartige Foltergeräte ertragen müssen. In einem der Zimmer lag auf dem Bett ein Gemälde, auf dem eine Jagdszene mit einem erlegten Hirsch zu sehen war. Ich öffnete eines der Fenster, das auf den Innenhof hinausging, und stellte fest, dass man von dort aus perfekt in meine Küche und in die von Simón und Ana sehen konnte.

In einer Schublade fand ich mehrere Briefe, darunter einen, der nicht zu Ende geschrieben worden war.

Liebe Mama,
wie geht es Dir? Ich hoffe, dass alles in Ordnung ist. Ich habe mich sehr über die Nachricht von der Geburt von Marías Tochter gefreut, gib ihr einen Kuss von mir. Hier in Madrid läuft nach wie vor alles prima. Ich arbeite viel, und mir bleibt kaum Zeit zum Telefonieren, sodass ich mich lieber am Abend in Ruhe hinsetze, um Dir zu schreiben. Ich schicke Dir ein paar Fotos von der Wohnung mit, in die ich gerade eingezogen bin,

sie ist viel größer und geräumiger als die alte. Wie ich Dir ja schon erzählt habe, kannst Du meine Filme leider nicht sehen, weil sie nur in den USA ausgestrahlt werden. Ich arbeite mit sehr einflussreichen Produzenten, deren Filme hier gedreht werden, weil das billiger ist. Wenn ich das nächste Mal nach Hause komme, bringe ich Dir ein paar Filme mit, damit Du sie Dir anschauen kannst. Mit Aurora bin ich sehr zufrieden, sie wurde mir von einem Regisseur empfohlen, und sie ist wunderbar. Sie macht alles gründlich sauber und bügelt meine Anzüge ganz hervorragend. Ich habe Deine Ratschläge an sie weitergegeben, dass es ungemein wichtig ist, vorher mit der Fusselbürste und einem feuchten Tuch darüberzugehen, damit sie glänzen. Dreimal in der Woche kommt außerdem Noelia und sorgt dafür, dass der Kühlschrank voll

An dieser Stelle brach der Brief ab. Ich sah mich um und verglich das, was ich sah, mit den Fotos. Zweifellos zeigten sie nicht die Wohnung, in der ich mich befand. Es war eine völlig andere. Ich beleuchtete eines der Fotos, um es genauer zu betrachten. Es zeigte den Schauspieler Zeitung lesend in einer großen Sofalandschaft mit Chaiselongue, neben Regalen voller Bücher und einem niedrigen Couchtisch aus Plexiglas. Die Wohnung war perfekt, wie aus einem Prospekt, wirkte aber kühl, nicht besonders wohnlich, da zu makellos, und es war auf keinen Fall die Wohnung, in die ich mich eingeschlichen hatte.

DER SCHAUSPIELER

»Bitte pass auf, dass die Plakate nicht zu sehen sind, nur das Sofa, das Regal und der Couchtisch.«

»Keine Sorge. Los, tu so, als ob du interessiert die Zeitung lesen würdest. Und mach schnell, wenn der Verkäufer kommt, wird er uns was anderes erzählen.«

Mindestens einmal im Monat bat Juan Muñoz Puerto seinen Freund Santiago, ein paar Fotos von ihm in einem der ausgestellten Wohnzimmer in dem Möbelgeschäft, in dem er arbeitete, zu machen, oder in einer der Küchen oder sogar im Badezimmer. Er behauptete, sie zur Erinnerung an seinen Arbeitsalltag haben zu wollen. Juan spielte seit Jahren dieselbe Rolle, die des erfolgreichen Filmschauspielers, der in bekannten amerikanischen Filmen mitspielte, die in Spanien nicht gezeigt wurden. Er hatte für seine Mutter damit angefangen, die in der fernen Heimat glauben sollte, dass ihr Sohn ein Star war, der in einer Art Palast lebte.

Hin und wieder besuchte er seine Familie und erzählte dann unzählige Geschichten, die er nicht erlebt hatte, von glanzvollen Partys und Schauspielern und Schauspielerinnen, denen er in Wirklichkeit allerhöchstens bei Ikea hätte begegnen können.

Dabei war seine derzeitige Arbeitsstelle wesentlich uninteressanter als die erste, die er damals ergattert hatte. Denn als er gerade nach Madrid gezogen war, hatte ihm ein Freund erzählt, dass eine Fabrik für Weihnachtsbeleuchtung Leute suche.

»Weihnachtsbeleuchtung? Dafür gibt es Fabriken? Und wie läuft das? Wird da nur einen Monat im Jahr gearbeitet, oder wie?«

»Nein, das ganze Jahr über«, hatte sein Freund Alberto geantwortet. »Sie exportieren in die ganze Welt und sind auch für die Beleuchtung in vielen Städten zuständig, zum Beispiel hier in Madrid.«

»Na, die ist doch schon seit Ewigkeiten die gleiche …«

»Hör mal, jetzt beschwer dich nicht, das ist eine Arbeit wie jede andere. Wenn du interessiert bist, gut, ansonsten vergiss es.«

Zwei Jahre lang war Juan daraufhin jeden Tag die sechzig Kilometer bis zu dieser Beleuchtungsfabrik gefahren, mit der Metro, mit dem Bus und mit schwerem Herzen. Die Fabrik gab es noch heute an der Autobahn zwischen Madrid und der spanischen Ostküste.

So war der junge Mann, der einst davon träumte, Schauspieler zu sein, zu einem Experten für Parallel- und Serienschaltungen geworden, für LED-Herzen in Lichterketten und -vorhängen, für leuchtende Weihnachtsglocken, Lichtbordüren und Lichtkaskaden, für längliche und tropfenförmige Lichter.

Jeden Abend, wenn er zu Bett ging, hatte er ein Flimmern vor den Augen, als ob in seinem Gehirn ständig

Weihnachten wäre. Und einmal hätte ihn beinah ein Stromschlag durch eine Lichterkette mit leuchtenden Rentieren das Leben gekostet. Nicht auszudenken, was dann in den Schlagzeilen der Zeitungen über ihn zu lesen gewesen wäre, ganz zu schweigen von dem Gesicht, das seine Mutter gemacht hätte!

Fünf Jahre zuvor war Juan nach Madrid gekommen. Damals war es ihm gelungen, seine Eltern davon zu überzeugen, dass sie ihm eine Wohnung überließen, die ihnen ein aus Argentinien eingewanderter Onkel namens Héctor hinterlassen hatte, der irgendwann einfach verschwunden war. Eine Wohnung in der Calle de Alcalá.

HÉCTOR

An dem Tag, an dem Héctor in das Gebäude einzog, traf er im Aufzug eine wunderschöne Frau, die ihm half, ein Bild und eine Lampe zu tragen. »Guten Tag, mein Name ist Héctor. Ich bin Ihr neuer Nachbar und ziehe heute in die Wohnung im siebten Stock links ein.«

»Hola, guten Tag, ich bin Ana. Ich wohne mit meinem Mann im fünften Stock links.«

»Sehr erfreut. Ich hoffe, dass ich in den nächsten Tagen nicht allzu viel Lärm machen werde. Viele Möbel habe ich nicht, und ich werde nur wenige Bilder aufhängen.«

»Bilder wie dieses zum Beispiel? Es ist ein bisschen traurig mit dem sterbenden Hirsch …«

»Wenn man nicht gern auf die Jagd geht, möglicherweise. Aber es ist ein Geschenk, und solange ich kein schöneres habe, werde ich es aufhängen.«

»Sie sind kein Spanier, stimmt's?«

»Nein, ich komme aus Argentinien, allerdings lebe ich schon seit fünfzehn Jahren in Spanien. Aber ich hoffe, dass ich eines Tages zurückkehren kann. Sind Sie und Ihr Mann von hier?«

»Aus Madrid? Nein. Mein Mann kommt aus einem kleinen Dorf namens Nimel und ich aus einem anderen Nest in der Provinz Guadalajara.«

»Niemand, der hier lebt, kommt aus Madrid, wie man so schön sagt. Wie sind denn die Nachbarn so? Angeblich ist es ein ruhiges Haus.«

»Sehr ruhig. Und wir haben alle auch nicht besonders viel miteinander zu tun. Hier unten, gleich neben dem Aufzug, wohnt Noelia, die Concierge. Dort, hinter dieser Tür, liegt ihre kleine Wohnung. Und dann kenne ich noch Amalia, die im vierten Stock rechts wohnt. Die Arme! Ihr Mann ist gestorben, als sie schwanger war. Ihre kleine Tochter ist jetzt etwa zwei Jahre alt; sie ist reizend, ein ganz zartes Wesen.«

»Ja, Amalia kenne ich gut. Sie war es, die mir die Wohnung empfohlen hat. Sie hat wirklich großes Pech gehabt, so eine nette Person, so verliebt in ihren Mann und nun so allein!«

»Ich mag mir gar nicht vorstellen, was die arme Frau durchmacht! Früher hat sie immer so gern geredet, und nun ist sie am Boden zerstört und spricht kaum ein Wort. Ein echter Schicksalsschlag … Aber lassen Sie mich überlegen, wer wohnt hier noch … Ach ja! Im dritten Stock links ist gerade ein junger Mann eingezogen, der, wie Noelia mir erzählt hat, eine Stelle im Postdienst angetreten hat. Er ist Briefträger. Ich freue mich, dass hier im Haus jetzt ein Briefträger wohnt, so können wir sicher sein, dass wir immer unsere Post erhalten.«

Héctor lachte.

»Ja, das ist für Leute, die aus der Fremde kommen, was ja, wie es scheint, fast für alle gilt, sehr wichtig.«

Auch Ana lachte.

»Da haben Sie wohl recht! In der anderen Wohnung im dritten Stock wohnt Guillermo. Er ist Vertreter oder Handlungsreisender und fast nie zu Hause. Und im zweiten Stock, ich weiß nicht genau, ob rechts oder links, wohnt ein Ehepaar mit drei Kindern, die manchmal ziemlich laut sind. Alle anderen kenne ich nicht. Ach doch! Margarita! Eine alte Dame, die ein bisschen dement ist. Sie wohnt mit ihrem Mann Honorio direkt neben Ihnen, im siebten Stock rechts. Erschrecken Sie sich nicht, wenn Sie morgens hin und wieder Geschrei hören, dann ist sie das, weil sie etwas braucht oder die junge Frau beschimpft, die sie pflegt, oder sie ruft nach ihren Kindern. Die Ärmste! Ich nehme an, dass die Französischlehrerin, die direkt unter ihr wohnt, es nicht leicht hat. Tja, und ich selbst wohne im fünften Stock links mit meinem Mann Simón. Wenn Sie also mal Hilfe brauchen, wenden Sie sich einfach an uns.« Sie nickte lächelnd. »Und entschuldigen Sie, dass ich Sie so lange aufgehalten habe, aber, nun ja, so kennen Sie uns schon fast alle.«

»Genau! Vielen Dank. Jetzt hoffe ich nur, dass ich die Leute auch zuordnen kann, wenn ich ihnen begegne.«

Héctor fand Ana von Anfang an bezaubernd, schon als sie »Hola« sagte oder vielleicht sogar noch eher – eigentlich schon in dem Moment, als er sie von hinten sah, während sie auf den Aufzug wartete.

Héctor war groß und gut aussehend und wirkte wie ein Kavalier der alten Schule. Er trug stets elegante Nadelstreifenanzüge, und sein streng nach hinten gekämmtes Haar saß so bombenfest, dass kein meteorologisches Phänomen es hätte durcheinanderbringen können. Mit seinem dünnen Schnurrbart, den strahlend weißen Zähnen und den glänzenden Schuhen schien er direkt einer Klatschzeitschrift entsprungen zu sein. Er war nach Spanien gekommen, um sein Glück zu versuchen, und hatte es rasch gefunden.

Zunächst hatte er als Kellner im *Márquez* gearbeitet, einer Cocktailbar an der Gran Vía, in der die Stars aus Kino und Theater ein und aus gingen. Schon bald wurde er befördert, und schließlich bot man ihm die Partnerschaft an. Seine Gabe, gut mit Menschen umgehen zu können, auf jeden sympathisch zu wirken und ein guter Unterhalter zu sein, machten ihn beinah unabkömmlich. Im *Márquez* erzählte man sich sogar, dass er eine amerikanische Berühmtheit verführt und ihr die Geheimnisse der madrilenischen Nacht enthüllt hätte.

Er kam immer erst am frühen Morgen von der Arbeit nach Hause und begegnete dann fast immer Simón, der sich um diese Zeit auf den Weg in die Redaktion machte.

»Wie geht's, Héctor? Wieder mal eine aufregende Nacht gehabt?«

»Arbeit, Simón, nur Arbeit: Diese Leute zu unterhalten, deren Leben ein einziges Fest ist, mit ihnen zu plaudern und sie dazu zu bringen, möglichst so viel zu essen und zu trinken, als wäre es ihr letzter Tag – das ist Arbeit, mein Freund, nichts als Arbeit.«

»Schon klar. Irgendwann tauschen wir mal: Du gehst morgens los, und ich schlage mir die Nacht um die Ohren.«

»Abgemacht.«

»Ruh dich aus.«

»Ich werde es versuchen.«

Héctor wartete immer noch einen Moment, blickte durch die Scheibe in der Haustür nach draußen und vergewisserte sich, dass Simón in den Bus stieg. Dann fuhr er mit dem Aufzug in den siebten Stock, um anschließend so leise wie möglich über die Treppe in den fünften Stock hinunterzugehen. Dort klopfte er vorsichtig an die Tür, und zwanzig oder dreißig Sekunden später öffnete Ana ihm noch verschlafen und mit schlechtem Gewissen.

»Hat dich jemand gesehen?«

»Ausgeschlossen. Um die Zeit ist noch niemand auf den Beinen, und Simón ist eben in den Bus gestiegen. Aber davon abgesehen, habe ich dir ja schon gesagt, dass es sicherer wäre, wenn du zu mir heraufkommst.«

»Ja, aber hier haben wir den Vorteil, dass die andere Wohnung auf der Etage derzeit unbewohnt ist, und oben könnte Margarita uns sehen.«

»Die im Kopf nicht mehr ganz richtig ist, mein Schatz. Sie würde sich nachher sowieso an nichts mehr erinnern.«

»Mir ist es aber lieber so. Du riechst nach Whisky.«

»Und du riechst süß.«

Sie verschmolzen in einem innigen Kuss, wie beinah jeden Tag des vergangenen Monats. Dann liebten sie sich. Immer um diese Zeit, früh am Morgen, im Gästezimmer. Sie, noch im Nachthemd, gab sich ihm auf eine ihr bisher unbekannte Art hin. Sie ließ zu, dass er alles tat, was er wollte. Sie verlor den Verstand und beinah das Bewusstsein und erkannte sich nicht wieder in dieser Frau, die leise keuchte und manchmal vor Freude und Schmerz weinte. Bevor Héctor vor ihrer Tür auftauchte, zog sie sich jedes Mal frische Unterwäsche an, besondere Wäsche, wissend, dass sie sie nicht lange anbehalten würde. Eines Tages empfing sie ihn im seidenen Morgenmantel, ohne dass sie etwas darunter trug, und als sie Héctor hörte, öffnete sie rasch die Tür, um ihn hereinzulassen, und er nahm sie gleich in der Diele, wo sie sich nur wenige Minuten zuvor von Simón verabschiedet hatte.

Nachdem ich mehrere WhatsApps an Mariona geschickt hatte, um mich zu vergewissern, dass alles in Ordnung war, machte ich es mir in einer Hängematte auf der Terrasse bequem und las weiter die Briefanzeigen in Simóns Zeitungen.

Du weißt ja, dass ich zwei Jahrestage feiere: unseren Hochzeitstag und den Tag, an dem wir uns kennengelernt haben. In diesem Jahr war die Wunde noch zu frisch, und ich hätte nicht ins Museum gehen sollen, um mir noch einmal das Bild anzusehen. Ich bin davor regelrecht zusammengebrochen. Dieses

Bild hat keine Bedeutung mehr, wenn wir es nicht zusammen betrachten, ohne dein Lächeln beim Anblick Lunardis. Ich wäre so gern mit dir einmal im Heißluftballon gefahren. Warum bist du gegangen? Was ist an jenem Morgen geschehen? Ich liebe dich; ich liebe dich, ich sage es in der Gegenwart, denn ich kann mich einfach nicht daran gewöhnen, dass du zur Vergangenheit geworden bist.

Ich las den beunruhigenden Satz noch einmal: »Was ist an jenem Morgen geschehen?« Ja, was war an jenem Morgen geschehen? Die Frage, wie Ana zu Tode gekommen war, hatte ich mir bisher noch nicht gestellt, weil ich davon ausgegangen war, dass sie an einer Krankheit gestorben war. Ich hatte sie mir an ihren letzten Tagen in ihrer Wohnung im Bett vorgestellt, wo Simón sie liebevoll zugedeckt hatte. Was also war an jenem Morgen geschehen?

Doña Amalia war jemand, der stets vor sich hin redete; sie führte angeregte Gespräche mit sich selbst. Das Seltsame dabei war jedoch, dass sie sich niemals antwortete. Es machte den Eindruck, als ob sie einem eingebildeten oder erfundenen Wesen, das sie sehr mochte, etwas erzählte oder ihm Fragen stellte. Diese Selbstgespräche wurden für uns jedes Jahr aufs Neue zur Gewohnheit, wenn die Zeit des schönen Wetters begann, denn durch die offenen Fenster war die Stimme der alten Dame so gut zu hören, dass Mariona und ich manchmal das Fernsehen ausmachten und ihr nach dem Essen einfach zuhörten. Anstatt des typischen Films zum Abschalten während der Zeit der Siesta war es bei uns die Nachbarin aus dem vierten Stock, die uns unterhielt. Manchmal folgten auf die unbeantworteten Fragen und die einseitigen Liebesbekundungen fröhliche Lieder, eingängige, bekannte Verse, die wir anschließend vor uns hin summten, weil sie uns nicht mehr aus dem Kopf gingen.

Ojos verdes, verdes como la albahaca, verdes como el trigo verde, y el verde, verde limón. Ojos verdes, verdes, con brillo de faca, que se han clavaíto en mi corazón – Grüne Augen, grün wie Basilikum, grün wie grüner Weizen und das Grün von unreifen Zitronen. Grüne Augen, grün mit dem Blitzen der Messer, die sich in mein Herz gebohrt haben.

Das Kinderlied *Chimpún.*

Ich muss gestehen, ich war neugierig auf die Wohnung im vierten Stock links und auf das Leben dieser Frau, mit der ich außer »Guten Tag« und »Auf Wiedersehen« noch kein Wort gewechselt hatte. Vielleicht würde ich eine Spur finden, die mich zu demjenigen führte, an den sich ihre Lieder, ihre Worte richteten, Anhaltspunkte in Form von Fotos oder Briefen. Funken von Leben, die meine minimalen Kenntnisse über meine Nachbarn anreicherten.

Doña Amalias Wohnung hatte eine ähnliche Aufteilung wie die von Simón, was die Anzahl der Zimmer anging, nur waren sie umgekehrt angeordnet. Doña Amalia hatte ihren Wohnbereich nach innen hin verlegt und die Schlafräume nach außen. Es gab also tatsächlich Menschen, die sich den größeren Teil ihres Lebens lieber im Dunkeln aufhielten. Ich selbst hatte immer vorgezogen, dort die meiste Zeit zu verbringen, wo es am hellsten war. Deshalb ging unser Wohnzimmer zur Straße hinaus, und wenn wir es verließen, um in den intimeren Teil des Tages einzutreten, ließen wir uns von der Dunkelheit einhüllen. Das hatte sicher psychologische Gründe: Die Intimität sollte nicht für jeden sichtbar sein, und die Routine, das Alltägliche, das Sofa und die Wolldecke im Winter brauchten Licht.

Doña Amalia aber hatte sich zum Gegenteil entschlossen, sodass ihr Wohnzimmer zum Lichtschacht, zum Innenhof, hinausging, jenes Zimmer, das zur Bühne ihres täglichen Schauspiels wurde. Zur Straße hin lagen zwei Schlafzimmer, und eines davon war so klein, dass neben dem Bett kaum noch etwas anderes hineinpasste. Das andere hingegen wirkte riesengroß. Die Tapete an den Wänden hatte ein Blumenmuster, und eine alte Puppe und ein paar Stofftiere saßen auf dem Bett. Das Zimmer war einladend und gemütlich. In einem Regal standen dicht an dicht jede Menge Bücher zu den Themen Geschichte, Kunst und Englisch, und es gab Fotos von Doña Amalia und einem kleinen Mädchen, das auf den zuletzt aufgenommenen Bildern als junge Frau zu sehen war. Dem Bett gegenüber stand ein Schaukelstuhl mit einem Stoffbezug, dessen Farbe am ehesten als Meergrün bezeichnet werden konnte. Ich setzte mich für eine Weile dorthin und dachte darüber nach, wer wohl das Mädchen auf den Fotos war, das Doña Amalia so fasziniert ansah.

Anschließend öffnete ich das Küchenfenster und stellte fest, dass ich in meinem Schlafzimmer das Licht angelassen hatte. Nun, mitten in der Nacht in diesem fast verlassenen, rätselhaften Gebäude, wirkte dieses Licht wie das eines Leuchtturms, der meinen Heimweg beleuchtete. Ich ging in Doña Amalias Wohnung bis zum Ende des Flurs, und dort, wo wir bei uns ein Ankleidezimmer eingerichtet hatten, stieß ich auf eine sehr aufgeräumte Abstellkammer und, zusammengeklappt oberhalb der Hintertür, auf einen Rollstuhl.

Ich konnte mich nicht daran erinnern, in den drei Jahren, die ich inzwischen in diesem Haus wohnte, Amalia jemals im Rollstuhl gesehen zu haben. Immer, wenn ich ihr begegnete, hatte ich es eilig, und abgesehen von einem »Hola«, das sie, egal, wie oft wir uns schon über den Weg gelaufen waren, mit den Fragen »Wohnen Sie hier? In welcher Wohnung denn?« verband, hatten wir noch keinen Kontakt miteinander gehabt.

Doña Amalia schien auf eine traurige Art zufrieden zu sein, sie war einer jener Menschen, die, obwohl sie sich Mühe geben, nicht verbergen können, dass irgendetwas nicht stimmt. Eines jener freundlichen Gesichter, die auch am düstersten Tag der Geschichte zu lächeln imstande sind, deren Blick jedoch verloren und abwesend ist und nicht zu dem Rest passen will, als ob die Augen gegen den falschen Eindruck rebellieren wollten, den die Nase und der Mund zu erwecken versuchten. Als ich einmal im Aufzug mit ihr zusammen nach unten fuhr, fing ich unwillkürlich an, das Lied, das ich sie so oft singen hörte, vor mich hin zu summen, und sie trällerte sofort mit.

Auf dem Nachttisch in dem großen Schlafzimmer stand eine kleine Dose. Als ich sie öffnete, zuckte ich zusammen: Vor meinen Augen drehte sich eine Ballerina zu einer Melodie. Es war der *Kanon* von Johann Pachelbel. Ich erkannte ihn sofort, da ich das Musikstück vor Kurzem in einer Reportage über eine Gemäldeausstellung zum Thema »Träume« verwendet hatte. Ein Kollege aus der Musikredaktion, der mir immer die Geschichte der Stücke dazu liefert, um die ich ihn bitte, hatte mir erzählt, dass, als Pachelbel erst zwei Jahre verheiratet gewesen war, seine Frau und sein kleiner Sohn Ende des siebzehnten Jahrhunderts an der Pest starben. Den *Kanon* hatte er noch vor ihrem Tod komponiert. Nach einer Weile hatte Pachelbel erneut geheiratet, mit seiner zweiten Frau noch sieben Kinder bekommen und sich mit dem Vater von Johann Sebastian Bach angefreundet. Mir gefiel der Gedanke, dass sein Sohn und seine erste Frau zumindest dieses wunderbare Musikstück noch hatten genießen können, dem ich nun, vierhundert Jahre später, in einem Zimmer lauschte, das wie aus einem Märchen schien, in einer Wohnung, die nicht meine Wohnung war.

AMALIA

Amalia war glücklich, rundum glücklich. Sie strahlte ein ruhiges Glück aus, ohne übermäßige Gefühlsäußerungen oder Exzesse; jenes Glück, das sich aus kleinen Dingen zusammensetzt und das sie mit ihrer Art noch vergrößerte. Sie hatte den perfekten Ehemann, eine wunderbare Wohnung und lebte in der Großstadt. Sie liebte ihre Arbeit in einer Pension in der Calle Lagasca, die ihr die Gelegenheit gab, Menschen aus anderen Ländern kennenzulernen, von denen viele ihr erzählten, wie es an den Orten der Welt aussah, die sie nicht kannte. Amalia war ein Mensch, der immer sofort wusste, mit wem man sich unterhalten, wen man ohne Hemmungen mit neugierigen Fragen löchern konnte. An der Rezeption, an der sie arbeitete, lernte sie Englisch, zumindest so, dass sie sich verständigen konnte. Wobei es natürlich einfacher war, wenn der Gast aus Südamerika kam. Dann trank sie manchmal sogar mit dem einen oder anderen einen Kaffee, damit er ihr noch mehr erzählte und sie von ihm etwas über andere Länder erfahren konnte. Amalia sog alles in sich auf wie ein Schwamm, sie machte sich Notizen und führte Tagebücher über Reisen, die sie selbst nicht unternommen hatte. Sie glaubte, dass irgendwann, wenn für sie der Moment gekommen war, an all jene Orte zu reisen, diese selbst erstellten Führer sehr praktisch sein würden.

Einem der Dauergäste der Pension, der bereits länger als ein Jahr dort wohnte, schlug sie eines Tages vor, sich doch eine Wohnung in der Stadt zu suchen. Wenn er vorhatte, länger in Madrid zu bleiben, würde es sich für ihn mit der Zeit auszahlen. Amalia erzählte ihm von der Dachwohnung in dem Haus, in dem sie lebte, die zum Verkauf stand. Es war eine gute Gelegenheit, da der Mann, der sie anbot, sich mit dem Rest der Familie zerstritten hatte, der das Haus gehörte. Héctor, der in der Cocktailbar, in der er arbeitete, gerade befördert worden war, gefiel der Gedanke, und er beschloss, die Wohnung tatsächlich zu nehmen.

Amalias Ehemann Pablo arbeitete für die Baufirma, die in Madrid die U-Bahn-Linien erweiterte, und obwohl es hieß, dass eine Krise drohte und nicht alle Baupläne realisiert würden, erhielt er einen beachtlichen Lohn oder das, was man in jenen unsicheren Zeiten für einen beachtlichen Lohn hielt.

Neben der Arbeit in der Pension, ihren Reiseträumen, ihrer noch neuen Wohnung und ihrem Ehemann dachte Amalia nur an eines: daran, ein Kind zu bekommen. Sie glaubte, dass es das Beste sei, so schnell wie möglich Mutter zu werden, damit sie und ihr Mann, wenn ihr Kind groß genug wäre, noch nicht zu alt sein würden, mit ihm nach Argentinien, Mexiko, England und sogar nach Australien zu reisen. Mr Paul, der mehrere Monate über in der Pension im Zimmer 201 gewohnt hatte,

hatte ihr viele erstaunliche Dinge über diesen Kontinent erzählt, den Amalia gleich darauf auf der Weltkarte gesucht hatte.

Doch am Morgen des 20. Februar 1979, als in der Pension das Telefon klingelte, veränderte sich alles. Der Anrufer informierte Amalia ohne Umschweife darüber, dass ihr Mann Pablo bei der Arbeit in einem U-Bahnschacht einen Unfall gehabt hatte und lebensgefährlich verletzt wurde, sodass sie, als er an die Oberfläche gebracht worden war, schon nichts mehr für ihn tun konnten. Amalia hörte der Stimme am anderen Ende der Leitung zu, ohne ein Wort zu sagen, so als wäre der Anruf gar nicht für sie, als ob diese Aneinanderreihung von Allgemeinplätzen ein Ereignis beschrieben, das sie gar nicht betraf. Das konnte doch ihr, die sie bis vor einem Moment mit Hilfe eines Wörterbuchs noch damit beschäftigt gewesen war, ihren Paris-Reiseführer fertigzustellen, nicht passieren! Ihre Hand, die den Telefonhörer hielt, sank langsam nach unten, entfernte sich von ihrem Ohr, glitt über ihre Schulter, ihre Brust, und die metallische Stimme, die ihr gerade den Tod ihres Mannes verkündet hatte, entfernte sich immer weiter.

»Hören Sie mich? Hallo? Sind Sie noch da? Señora? Señora? Es tut uns sehr leid, aber Sie müssen herkommen, um den Leichnam zu id…«

Als Amalia nach der Beerdigung ihres Mannes zurück nach Hause kam, betrachtete sie all ihre selbst geschriebenen Reiseführer, die sie voller Sorgfalt alphabetisch geordnet hatte. Es mussten etwa ein Dutzend sein. Doch keiner von ihnen hatte nun noch irgendeinen Wert. Sie waren für zwei Menschen geschrieben worden, damit sie jeden Ort, jeden Winkel, jede Bar, jedes Museum gemeinsam mit Pablo entdecken konnte. Amalia begann bitterlich zu weinen und brach zusammen. Draußen war es bewölkt und so düster, dass kein Streifen Licht hereindrang. Die Dunkelheit eines langen Winters hüllte sie ein. Einen Monat später zeigten sich erste Sonnenstrahlen, denn da wusste sie, dass sie schwanger war.

Amalia hatte sich schon immer gefragt, warum es Menschen gab, denen zu viel Unglück zugemutet wurde, die vom Schicksal oder irgendeinem höheren Wesen allzu oft auf die Probe gestellt wurden. Daran dachte sie an jenem Tag, als man ihr mitteilte, dass ihre Tochter Cristina eine Krankheit habe, die sie irgendwann mit völlig geschwächten, gelähmten Muskeln ans Bett fesseln würde.

In diesem Augenblick blieben Amalia nur zwei Möglichkeiten: aufzugeben oder zu kämpfen. Endgültig ihr Dasein auf dieser Welt für beendet zu erklären und sich gehenzulassen oder irgendwie noch die Kraft zu finden, für ihre kranke Tochter und mit der Erinnerung an ihren toten Mann weiterzuleben. Sie hatte die falschen Karten gezogen: nur die schlechten. War es denn nicht so, dass das Unglück über irgendein System außerhalb der menschlichen Vorstellungskraft proportional aufgeteilt wurde, damit nicht alles nur einen Menschen traf? Wie konnte es sein, dass ihr nach dem Tod ihres Mannes nun auch noch die Krankheit ihrer Tochter zugemutet wurde? Das ging ihr immer wieder durch den Kopf, wenn sie neben Cristina saß und sie im Schlaf betrachtete. Denn schlafend schien sie gesund und glücklich zu sein, und es sah so aus, als würde sie jeden Moment aufwachen und nach dem Frühstück verlangen. Man hatte ihrer Tochter die Küsse gestohlen, die sie niemals jemandem würde geben können, und die fröhlichen Tage am Strand. Amalia hörte auf, an Gott zu glauben, in einer langsamen Abkehr, nachdem sie lange nachgedacht und viel mit ihm geredet hatte. Dabei war die Frage, die sie stellte, immer die gleiche: Warum? Und auch die Antwort änderte sich nicht.

»Was habe ich dir getan? Als Kind habe ich mich immer gut benommen, ich bin in eine Klosterschule gegangen, war immer fleißig, habe als junges Mädchen angefangen, in der Pension zu arbeiten, bin jungfräulich in die Ehe gegangen, habe nie den Gottesdienst verpasst. Was habe ich dir getan, dass du mich so bloß und schutzlos zurücklässt? Dass du mir das Glück und die Hoffnung nimmst, mir meinen Mann raubst und meine Tochter zum Krüppel werden lässt? Sieh sie dir an: so jung, so hübsch, so zart und dazu verdammt, in diesen vier Wänden zu bleiben und noch vor mir zu sterben. Ich verstehe diese Art, mich auf die Probe zu stellen, nicht, und auch nicht den Maßstab, dem dies zugrunde liegt.«

Amalia entschied sich zu leben, nicht für sich, sondern für Cristina. Für ihre Tochter änderte sie die Raumaufteilung ihrer Wohnung: Dort, wo das Wohnzimmer gewesen war, befand sich nun Cristinas Zimmer, das stets voller Licht und Sonne war und sogar voller Hoffnung. Amalia kaufte ein neues Bett, ein wahres Prinzessinnenbett, eine Blumentapete für die Wände, und sie selbst zog in das winzige Zimmer gleich daneben.

All die Jahre über sprach Cristina kein Wort; sie redete nur mit den Augen und wenigen Gesten, wenn sie ihrer Mutter etwas mitteilen wollte. Doch Amalia verstand alles, wusste, wann sie allein sein wollte, wann sie Gesellschaft brauchte und wann sie unterhalten werden wollte. Von der Küche aus erzählte sie ihr, dass sie Guillermo, den Handelsvertreter aus dem dritten Stock, getroffen habe oder dass die Französischlehrerin immer mehr Schüler finde oder dass in die Wohnung im sechsten Stock links ein junges Paar eingezogen sei, beides Journalisten, die fürs Fernsehen arbeiteten.

»Fernsehjournalisten, mein Schatz, kannst du das glauben? Dabei wird im Fernsehen doch nur geschrien und gestritten. Vor Kurzem bin ich mit dem jungen Mann im Aufzug gefahren, und er hat das Lied gesummt, das dir so gut gefällt. Vielleicht hören sie mich über den Innenhof singen. Wahrscheinlich halten sie mich für verrückt.«

Nur manchmal, wenn Cristina schlief, erlaubte Amalia sich eine kleine Schwäche. Dann sah sie sich noch einmal ihre Reiseführer an, und ihr wurde einmal mehr bewusst, dass sie niemals in diese Länder fahren würde, in denen sie, wie sie sicher wusste, glücklich gewesen wäre.

Schon am Morgen war es unerträglich warm. Obwohl es ja dieser Sommer war, der, wenn es nach dem französischen Meteorologen gegangen wäre, den Geschäften die Verkäufe verhagelt hätte, hatte derzeit die Hitze in Madrid die Oberhand gewonnen. Vom Wetter her gesehen, war dieser Sommer genau wie alle anderen – die Hölle, vielleicht sogar noch ein bisschen heißer.

Ich erwachte mit steifen Gliedern und stellte fest, dass ich schon wieder in einer fremden Wohnung eingeschlafen war!

Beunruhigt eilte ich aus Amalias Wohnung. Auf dem Weg zur Tür stellte ich fest, dass die Einrichtung im Hellen älter wirkte, als ich zunächst gedacht hatte. Ich erreichte das Treppenhaus und ging diskret zu meiner Wohnung hinauf. Jedes Mal, wenn ich meine Tür öffnete, hatte ich das gleiche Gefühl wie früher als Kind beim Versteckspielen, wenn ich nicht suchen musste und froh war, nicht erwischt zu werden, um mich schließlich freischlagen zu können und in Sicherheit zu sein. Ich sprang unter die Dusche, stürzte einen Kaffee herunter und machte mich auf den Weg zur Arbeit.

Im August war die Calle Marqués de Zafra wie ausgestorben. Alle Geschäfte waren geschlossen, abgesehen von einem chinesischen Laden und einem Café, in dem die Kellner aufmerksam darauf warteten, ob ein notgedrungen in der Stadt gebliebener armer Tropf nicht ihre Dienste benötigte. Der Park schien trauriger als sonst, und der Spielplatz war verwaist. Die Rutsche und die

Schaukeln waren in diesen Tagen für den Sand an entfernten Stränden verlassen worden.

Von den Gärtnern traf ich nur Jorge an.

»Wie geht's? Nicht viel los hier, was?«, begrüßte er mich.

»Ja, wie immer im August. Haben sie dich auch allein hier zurückgelassen?«

»Ja. Gestern sind Sebas und Manuel für den Rest des Monats in Urlaub gefahren. Sie haben sämtliche Urlaubstage am Stück genommen, keine Ahnung, wie die sich das leisten können. Du siehst müde aus.«

»Ich schlafe im Moment nicht besonders gut. Wahrscheinlich weil ich gerade ein neues Buch schreiben muss und in der Zeit ziemlich zurückliege.«

»Tatsächlich? Wieder ein Erzählband? Der, den du mir geschenkt hast, hat mir sehr gut gefallen. Wobei mich natürlich einige Geschichten mehr interessiert haben als andere. Am liebsten mag ich die Geschichte von Teresa und Miguel und die von dem Mädchen, das das Gedächtnis verliert. Die letzte Geschichte hingegen fand ich nicht so gut.«

Ich machte mir eine Zigarette an. Mir blieben noch zwanzig Minuten, bis ich in der Redaktion sein musste, und offenbar war ich hier plötzlich in einem literarischen Zirkel gelandet.

»Warum?«

»Ich weiß nicht, zu verwirrend, jemand Neues kommt dazu, ein anderer verschwindet. Manchmal wusste ich nicht, ob der Schriftsteller gerade mit der aus dem vierten Stock zusammen ist oder mit einer anderen. Die Leute wollen einfache Geschichten lesen. Mach es nicht so kompliziert, du bringst uns durcheinander. Ich hoffe, dass in deinem neuen Buch nicht so viel gleichzeitig passiert.«

»Keine Sorge, nur hin und wieder, aber ich werde deinen Rat beherzigen.«

»Und worüber schreibst du?«

»Eigentlich wollte ich einen Roman über meine Großmutter schreiben, weißt du? Eine tolle Frau, die so viel erlebt hat, dass es gar nicht in ein Buch zu passen scheint. Aber irgendwie komme ich nicht voran. Außerdem müsste ich meine Mutter um Erlaubnis bitten und mit meinen Tanten sprechen, vor allem mit meiner Tante in Sevilla, die am meisten über meine Großmutter weiß.« Ich zuckte ratlos die Achseln.

»Ich verstehe. Geschichten über Frauen, die ihr Leben in die Hand nehmen, funktionieren immer, ein typischer Stoff für Filme oder Fernsehserien, und das bringt Geld. Denn mit Büchern kann man Geld verdienen, stimmt's?«

»Wenig, beinah nichts. Wenn du die Zeit rechnest, die du investierst, ist der Stundenlohn lächerlich.«

»Na ja, du wirst sicher ein hübsches Sümmchen einstreichen. Und nun? Worüber schreibst du, wenn das mit deiner Großmutter nichts wird?«

»Also … ich hab da eine interessante Geschichte über einen meiner Nachbarn herausgefunden, der seine Frau verloren hat, und versuche mehr darüber in Erfahrung zu bringen. Aber ich weiß nicht, wen ich fragen könnte. Dieser Mann lässt seit fast dreißig Jahren jedes Jahr am selben Tag einen kurzen Text in einer Zeitung veröffentlichen, in dem zu lesen ist, wie sehr er seine Frau vermisst und wie hart das Leben ohne sie ist. Seine Wohnung ist im selben Haus wie meine, im fünften Stock, direkt unter mir. Aber seit ich hier wohne, steht sie leer und ist verschlossen.«

»Habt ihr keinen Portier? Den musst du fragen, die wissen alles.«

»Doch, doch, wir haben eine Concierge, aber sie ist gerade in Urlaub. Ich habe sie vor einiger Zeit mal nach dieser Wohnung gefragt, einfach so, aus Neugier, und sie hat mir erzählt, dass der Mann nur ganz selten im Haus ist, höchstens zwei oder drei Tage im Jahr.«

»Also mal sehen, ob ich das richtig verstehe: Du willst die Geschichte dieses Mannes schreiben, deines Nachbarn aus dem fünften Stock. Dann überleg dir doch einfach etwas! Das macht ihr Schriftsteller doch so, oder? Ihr stellt euch etwas vor, denkt euch eine Wahrheit aus.«

»Ja, aber so einfach ist das nicht, ich brauche zumindest einen Anker, ein paar Fakten, an denen ich mich orientieren kann, einen roten Faden. Danach kommt dann die Fiktion ins Spiel.«

»Na, dann mach, was du willst, aber bau nicht so viele Personen ein, deren Geschichten sich kreuzen. Ich habe ganze zwei Tage gebraucht, um diese eine Erzählung zu lesen, und musste dauernd zurück und wieder vor blättern.«

»In Ordnung, keine Sorge. Wenn es zu viele Personen werden, teile ich sie auf, und bevor sie wirklich eine Rolle spielen, werde ich jede von ihnen mit groß und deutlich geschriebenem Namen einführen.« Ich lachte. »Adiós, Jorge.«

»Genau so. Das wäre super. Bis morgen!«

Ein weiterer Tag, an dem ich auf der Arbeit nicht viel zu tun hatte. Auch die Kultur gönnte sich einen Sommerurlaub, und abgesehen von der Suche nach dem einen oder anderen Agenturfoto, bestand meine Hauptaufgabe darin, die Zeit totzuschlagen. Ich ging hinunter, um mir einen Kaffee zu holen, setzte mir die Kopfhörer auf, die jeden Journalisten in der Redaktion zu einem isolierten Wesen machen, und wühlte in der Flut an Bildern, die von allen Orten der Welt hereinschwemmten. Es ist unglaublich, was alles passiert, während wir schlafen: In Indien war ein kleiner Elefant gestorben, und die ganze Herde hatte sich von ihm verabschiedet und eine Art Leichenzug gebildet, um die Mutter nicht allein zu lassen. In Tokio übernachteten immer noch jede Nacht mehr als tausend Menschen auf der Straße, um ein neues Handymodell zu ergattern. In einem kleinen spanischen Dorf war vor den Augen der Bewohner auf dem Dorfplatz der Blitz eingeschlagen. Nachdem ich gesehen hatte, was in der Welt geschehen war, während ich in Doña Amalias Wohnung schlief, nahm ich die von Simón für *Ahora* geschriebenen Artikel aus dem Archiv heraus, die ich mir am Vortag ausgedruckt hatte, und las auf gut Glück den ein oder anderen Text. Ich weiß nicht genau, warum ich das tat, aber ich hoffte, dass es mir helfen würde, diesen Nachbarn, über den ich möglicherweise einen Roman schreiben wollte, etwas besser kennenzulernen. Ein Artikel fiel mir wegen der ungewöhnlichen Headline gleich ins Auge:

Farbe und Firnis für einen Abenteurer
SIMÓN H. DÍAZ
Madrid

Wenn man die Restaurationswerkstatt des Museo del Prado betritt, hat man den Eindruck, in einen Operationssaal zu kommen. Weiße Kittel, Vergrößerungsbrillen, Lupen, Stille, Sauberkeit und der Geruch nach Farbe, Terpentin und pflegebedürftigem Holz. Man stelle sich die in Behandlung befindlichen Gemälde vor, anästhesiert, damit sie keine Schmerzen spüren, wenn in ihre Haut geritzt wird. Die Arbeit geht ruhig vonstatten, die Werkzeuge liegen perfekt in den geschickten Händen, kaum ein Atmen ist zu hören. Der kleinste Fehler kann die Geschichte eines Kunstwerks verändern, die Idee zunichte machen, mit der es erschaffen wurde, seinen Geist modifizieren.

Ich muss gestehen, dass mir der Gedanke, diesen Artikel zu schreiben, kam, nachdem ich erfahren hatte, dass eines meiner Lieblingsbilder im Prado, das ich mir immer wieder ansehe, zur Restauration in die Werkstatt gebracht wurde. Es handelt sich um das Gemälde Vincenzo Lunardi mit seinem Assistenten George Biggin und Letitia Anne Sage in einem Ballon *von John-Francis Rigaud, das kein wirklich wertvolles Bild ist, dessen Geschichte mir jedoch in meiner Kindheit mehrfach erzählt wurde. Um Sie nicht zu langweilen, erkläre ich hier nur kurz, dass es sich dabei um eine der ersten Ballonfahrten handelt, die in Großbritannien im Jahr 1785 unternommen wurde, und dass die im Titel erwähnten Personen darauf zu sehen sind, wobei Letitia Anne Sage die erste Engländerin war, die mit einem Heißluftballon gefahren ist.*

Die Ölfarbe hatte immer mehr an Glanz verloren, und das Bild war dunkler geworden, sodass nicht mehr alle Einzelheiten zu sehen waren. Zum Beispiel hatte der Stoff des Ballons ursprünglich die Farben der britischen Fahne, was kaum noch zu erkennen war.

Die Restauration und Erhaltung von Kunstwerken ist schon immer ein viel diskutiertes Thema gewesen. Ana María, die Leiterin der Werkstatt, hat uns erklärt, dass die beste Restauration die ist, die nicht gemacht werden muss, jedoch gibt es Fälle, in denen keine Wahl bleibt.

Zum Ende dieses Artikels möchte ich mir die Freiheit nehmen, die Hoffnung zu äußern, dass die drei Abenteurer auf dem Gemälde schon bald wieder in der Galerie des Museums hängen und ihre Gestalten in neuem Glanz zu bewundern sind. Denn ich verdanke diesem Bild sehr viel – wie Sie möglicherweise anderen Bildern –, sogar das Glück, der Liebe meines Lebens begegnet zu sein.

»Der Liebe meines Lebens begegnet zu sein …« Also hatte Simón Ana offenbar durch dieses Gemäldes kennengelernt. Wie es wohl dazu gekommen war? Ob sie sich im Rahmen einer Ausstellung getroffen hatten? Das Ende des Artikels war ein wenig kitschig geraten, ehrlich gesagt, wäre heute so etwas gar nicht mehr veröffentlicht worden. Ansonsten passte der Text ganz gut auch in unsere Zeit, da es unter den Kulturjournalisten gerade üblich war, Ausstellungskritiken aus einer ganz persönlichen Sicht zu schreiben.

Ich beschloss, sofort beim Museo del Prado anzurufen. Dort bestätigte man mir nach mehreren Nachfragen, dass das Bild gerade im Rahmen der Ausstellung *La belleza encerrada* zu sehen sei. Eigenartigerweise hatte ich vor Kurzem noch über diese Ausstellung kleinformatiger Gemälde mit besonders sorgsam dargestellten Einzelheiten berichtet, und das Bild von Rigaud war mir gar nicht aufgefallen.

Unter dem Vorwand, für eine Reportage recherchieren zu müssen, ging ich ins Museum. Ich betrat es durch den Eingang des *Edificio de los Jerónimos* und durchquerte suchend die Säle A und B. Und dann sah ich das Bild plötzlich vor mir: *Vincenzo Lunardi mit seinem Assistenten George Biggin und Letitia Anne Sage in einem Ballon*. Ich hatte es mir größer vorgestellt, obwohl ich ja wusste, dass es, weil es Teil dieser Ausstellung war, recht klein sein musste. Der Bildbeschreibung entnahm ich, dass es sich um eine Schenkung der verwitweten Duquesa de Pastrana handelte, was ich mir notierte. Ich wusste nicht genau, warum ich mir dies aufschrieb, aber vielleicht würde es mir irgendwie nützlich sein. Lunardi war also der, der den Hut schwenkte. Der Arme! Leider musste er auf die Mitfahrt verzichten, weil der Ballon ansonsten zu schwer gewesen wäre. Der andere Mann, George Biggin, schien es eilig zu haben, er schaute auf die Taschenuhr in seiner Hand, vielleicht hatte er Hunger. Im Ausstellungskatalog war zu lesen, dass sie in der Luft einen Imbiss zu sich genommen hatten, aber auch das war umstritten. Ich betrachtete das Bild eine Weile. Letitia Sage war wirklich hübsch. Dann trat ich ein paar Schritte zurück und stellte mir Ana und Simón vor dem Bild vor. In meiner Phantasie waren sie sich ziemlich genau in diesem etwa einen Quadratmeter großen Bereich, in dem ich mich gerade befand, begegnet. Und wieder hatte ich jene Frage im Kopf, die ich mir immer wieder stellte: Was war an jenem Tag, als Ana starb, geschehen?

ANA

Als kleines Mädchen hatte Ana davon geträumt, Zirkusartistin zu werden, Jongleurin, Seiltänzerin oder sogar ein weiblicher Clown. Das jedenfalls gab sie in der Schule als Antwort auf die Frage, welchen Beruf sie einmal ausüben wolle. Die anderen Mädchen machten sich daraufhin über sie lustig, doch es war tatsächlich ihr Ziel, irgendwann einmal in der Manege zu stehen, so wie Miss Mara, die Artistin, deren Foto sie in der Zeitung entdeckte hatte und die hoch oben auf einem Trapez saß. Dieses Foto hing an der Pinnwand in Anas Zimmer, zusammen mit all den anderen von ihr gesammelten Artikeln über die Zirkusartistin aus Cádiz, die ihrer Meinung nach über magische Kräfte verfügte und es, von Trapez zu Trapez schwingend, bis in den Zirkus der Brüder Ringling geschafft hatte, den besten und größten, den es gab. In dem jüngsten der ausgeschnittenen Artikel war von dem furchtbaren Sturz aus vierzehn Metern Höhe die Rede – Miss Mara trat ohne Netz auf –, den sie erlitten hatte und der sie zwei Jahre lang vom Zirkus fernhalten sollte. Als die Artistin schließlich in die Manege zurückkehrte, dachte Ana schon nicht mehr daran, Trapezkünstlerin zu werden, doch immer wieder stellte sie sich vor, wie ihr Leben wohl ausgesehen hätte, wenn sie den Mut aufgebracht hätte, ein solches Nomadenleben von Stadt zu Stadt und Zirkus zu Zirkus zu führen. Ob es auch ihr gelungen wäre, achtzehntausend Zuschauer in den Madison Square Garden zu locken und in der Ed-Sullivan-Show aufzutreten?

In ihren ersten Lebensjahren hatte Ana ständig das Gefühl, dass ihr irgendetwas fehle. Sie konnte nicht genau sagen, was es war, doch sie fühlte eine spürbare Lücke. Erst viel später sollte sie erfahren, dass ihre Eltern Samuel und Felicidad Zwillinge erwartet hatten und dass zusammen mit ihr ihr Bruder Antonio geboren wurde, der aufgrund von Komplikationen bei der Geburt leider nicht überlebt hatte. Ana war die Ältere der beiden Geschwister, nur um wenige Minuten, da sie günstiger lag, und vielleicht hatte ihr das das Leben gerettet, da die Komplikationen erst später einsetzten. Antonios Tod war ein Tabuthema in Anas Zuhause. Niemals wurde sein Name genannt oder von ihm gesprochen, lediglich einmal im Jahr, an Allerheiligen, brachten sie Blumen zum Grab der Familie, wo unter seinem Namen nur eine Jahreszahl stand und kein Geburts- und Todesdatum.

Niemals hatte Ana nach ihm gefragt, denn sie spürte, dass man manche Fragen nicht stellen sollte.

In der Zeit, in der sie in ihrem Spiel eine Zirkusartistin war, erfand sie sich einen Assistenten, dem sie den Namen Antonio gab. Ihre Mutter Felicidad, die das Glück, das ihr Name bedeutete, am Tag der Geburt ihrer Kinder verloren hatte, konnte die Tränen nicht zurückhalten, als sie das Zimmer ihrer Tochter betrat und den Namen des Bruders hörte.

»Antonio, könntest du mir beim Aufsteigen helfen?«

»Antonio, es ist Zeit, mich anzusagen. Stell dich in die Mitte der Manege und verkünde, dass Miss Serná, die beste Trapezartistin der Welt, nach einer Tournee durch Amerika nun hierhergekommen ist, um den doppelten Salto mortale ohne Netz zu zeigen und die Zuschauer zu verblüffen.«

So war Ana zwischen unsichtbaren Trapezen und einem verstorbenen Spielkameraden aufgewachsen. Sie war ein besonderes Mädchen, phantasievoll und sehr klug. Zumindest sagte dies die Lehrerin zu ihren Eltern, als sie, besorgt wegen der Zirkuspläne ihrer Tochter, in die Schule kamen.

»Machen Sie sich keine Sorgen, viele Kinder haben erst einmal solche eigenartigen unrealistischen Berufswünsche. Stellen Sie sich vor, ein anderes Mädchen in der Klasse möchte eine Amazone werden.«

»Also sollten wir dem keine größere Bedeutung beimessen?«

»Genau – solange sie nicht an einem Seil in große Höhe hinaufklettert oder so etwas.« Amparo, die seit vielen Jahren Lehrerin an der Schule in dem kleinen Dorf Trupia war, lächelte.

In Trupia waren die Winter so lang, dass es oft keinen Frühling gab und sie bis in den Sommer dauerten, der immer viel zu kurz war. Nur selten sah man in den kalten Monaten Kinder auf der Straße spielen; sie gingen von zu Hause in die Schule und von der Schule direkt wieder nach Hause. Das Leben der Dorfbewohner spielte sich mehr als die Hälfte des Jahres fast ausschließlich in den Häusern ab, die sie nur verließen, um die nötigen Einkäufe zu erledigen und die Vorräte an Brennholz zu erneuern, das ununterbrochen verheizt wurde. Manchmal war es so kalt, dass man beschloss, in den Wintermonaten die Schule zu schließen und den Unterricht im Sommer nachzuholen. Dann verabschiedeten sich die Kinder Ende Oktober voneinander und sahen sich erst im Juni wieder.

Sicher war dies mit ein Grund für die imaginären Freunde. In Anas Fall war es jener Antonio, dessen Name auf dem Grab stand, das sie jedes Jahr zu Beginn der Winterquarantäne besuchten. Doch beinah alle Kinder in Trupia erschufen sich einen solchen Spielkameraden, um den unendlichen Winter zu überstehen. Hätte man diese imaginären Gestalten bei einer Volkszählung mitgerechnet, wäre die Einwohnerzahl sehr viel höher gewesen als die offizielle.

Die Erwachsenen nahmen dies oft verwundert oder ungläubig zur Kenntnis, doch für die Kinder war es das Selbstverständlichste von der Welt, ihre Winterfreunde in die Gespräche der Familie einzubeziehen.

Es war Trupias ungewöhnliche geografische Lage, die die Persönlichkeit der Dorfbewohner beeinflusste, sodass sie besonders hart im Nehmen waren. In den Wintermonaten war die Sonne so gut wie nie zu sehen, da sie die hohen Berge, die das Dorf umschlossen, nicht überwand. Dann lag alles in Schatten und Dunkelheit. Erst ab April oder Mai drangen die ersten Sonnenstrahlen über das Gebirge, erreichten jedoch nur eine kleine Parzelle außerhalb des Ortes. Dafür gab es eine logische Erklärung: Im Süden gab es einen kleinen Einschnitt zwischen den Berggipfeln, in dem sich die Sonne als Erstes zeigte. Daraufhin suchten beinah alle Dorfbewohner jene kleine Parzelle im Nirgendwo auf, um dort im Sonnenschein auf und ab zu gehen.

Im Sommer dagegen war der Ort genau wie jeder andere.

Dann wurden die unsichtbaren Freunde in unsichtbaren Schränken oder Abstellkammern verstaut, bis ihre Anwesenheit wieder erwünscht war.

Nachdem Ana den Traum, die beste Trapezartistin der Welt zu werden, aufgegeben hatte, wurde ihr klar, dass sie Trupia früher oder später würde verlassen müssen, um die Gelegenheit zu erhalten, auch einmal die Wärme eines Frühlings zu erleben, wenn auch fern von zu Hause. Eine Schwester ihres Vaters lebte in Madrid, und so vereinbarte die Familie, dass Ana, wenn sie die Schule beendet hätte, dorthin übersiedeln sollte. Also verzichtete sie endgültig auf das Trapez und machte eine Ausbildung zur Sekretärin, was angeblich ein Beruf mit Zukunft war.

Die Stadt war für sie eine andere Welt: die ständige Unruhe, all die Menschen in den Straßen, volle Bars und Cafés, Theater, Kinos.

In jenen Jahren beschäftigte sie sich neben ihren Schreibmaschinenkursen damit, ihrer Tante Inés zu helfen, Bücher zu lesen und lange Spaziergänge durch den Retiro-Park zu machen, der größer war als ihr Heimatdorf und in dem ständig die Sonne schien.

Doch am liebsten ging sie in das Museo del Prado, in dem sie viele Stunden verbrachte. Aus der kleinen Ana, die davon geträumt hatte, Trapezartistin zu werden, war eine junge Frau geworden, doch hatte sie sich ihre Phantasie bewahrt, die sie in den kalten Monaten in Trupia entwickelt hatte. Mit jedem Bild, das sie im Museum sah, verband sie eine Geschichte, die sie dann ihrem unsichtbaren Bruder erzählte.

»Siehst du, hier, die junge Frau ist eine berühmte Schauspielerin, die jeder der beiden Herren erobern möchte. Nachdem sie die Entscheidung lange hinausgezögert hat, hat sie ihnen versprochen, einen von ihnen zu erwählen, wenn sie sie zu einer Fahrt im Heißluftballon mitnähmen. Am höchsten Punkt in der Luft wollte sie sich dann festlegen. Am Ende fiel die Wahl auf den rechten, da ihr der andere zu angeberisch war.«

Allmählich bemerkte ich, wie ich mich auf nichts anderes mehr konzentrieren konnte; es war unmöglich. Simón, Ana, Amalia, der Schauspieler, das Gemälde, sie waren zu den Protagonisten meines Sommers geworden. Mir blieben noch etwa zwei Wochen, in denen ich allein, ohne Mariona, zu Hause war, und höchstens eine Woche, bevor die anderen Hausbewohner zurückkommen würden.

Ich schaltete meinen Computer ein und öffnete die nicht gerade üppige Datei mit dem Namen »Adela«. Sie enthielt immer noch lediglich die 1.710 Zeichen ohne Zwischenräume oder 2.079 mit Zwischenräumen, die ich zwei Monate zuvor geschrieben hatte. Diese Manie, die Zeichen zu zählen, kam aus der Zeit, als ich meinen Erzählband geschrieben hatte, vielleicht begründet durch meine Arbeit fürs Fernsehen, bei der jeder Buchstabe zählt. Jedenfalls umfasst jede meiner Erzählungen etwa zehntausend Zeichen und das Buch insgesamt ungefähr zweihundertvierzigtausend. Letztere ist annähernd die Zahl, in der sich ein Roman bewegen sollte, was bedeutete, dass noch ein riesiger Ozean vor mir lag, den ich durchqueren musste, und ich hatte keine Ahnung, wie ich es anstellen sollte, loszuschwimmen. Mit schlechtem Gewissen klickte ich die Adela-Datei in den Hintergrund und öffnete den Internet-Browser. In meinem E-Mail-Account waren mehrere Angebote von Online-Händlern eingegangen, deren Newsletter zu abonnieren, sowie eine Mail von Antonio. Antonio ist ein guter Freund, den ich über meinen besten Freund

Fran kennengelernt habe. Seine Nachricht traf voll ins Schwarze und brachte mich ziemlich zum Lachen.

Gut, endlich habe ich mich dazu aufraffen können, mich an den Computer zu setzen, um Dir zu schreiben. Nachdem ich die ganze Woche darüber nachgedacht habe, wie ich das, was ich Dir mitteilen möchte, ausdrücken soll.

Stimmt, ich habe Dir gesagt, dass ich ein paar gute Ideen für Deinen Roman habe. Gute Ideen? Vergiss es!!!

Ich hatte schon immer Lust, ein Buch zu schreiben, doch jedes Mal, wenn ich dachte, ein originelles Thema oder überhaupt ein Thema gefunden zu haben, war ich nicht in der Lage, mich an den Computer zu setzen und loszulegen, ohne sagen zu können, was mich davon abhielt. Doch letztendlich kam ich immer wieder zu dem gleichen Schluss: Ein Buch besteht nicht nur aus einem guten Thema; man muss es mit vielen Worten anfüllen, Seite um Seite … Und mir war klar, dass ich das niemals schaffen würde, das wäre mir viel zu anstrengend, wobei hinter der Furcht vor der Anstrengung wahrscheinlich etwas anderes steckt.

Ich weiß nicht, was Dein Lektor oder Deine Lektorin Dir geraten hat, aber ich weiß, was ich als Dein Lektor Dir sagen würde, in der Hoffnung, Dir damit nicht zu nahe zu treten: Das Erste, worüber Du Dir klar werden musst, ist, welche Richtung Du einschlagen willst. Ich werde es Dir erklären, damit Du genau verstehst, was ich meine:

1. mögliche Richtung: Dein Buch so zu schreiben, dass ich, wenn ich es lese, Deine Stimme höre, als ob Du mir etwas erzählen würdest, in der Art von ›So ist das Leben‹, *ohne dass Du von Deiner Linie abweichst und so, dass es für jeden Leser geeignet ist, egal, ob er sechzehn oder fünfundsechzig Jahre alt ist.*

Davon würde ich eher abraten, denn ein solches Buch hast Du schon geschrieben.

2. mögliche Richtung: Vergiss den Fernsehjournalisten in Dir, sodass die Leute Dein Buch zwar vielleicht kaufen, weil Ihnen Deine Arbeit fürs Fernsehen gefällt, aber beim Lesen denken: Alle Achtung! Das ist ja etwas ganz anderes! Aber es ist toll, und ich werde es anderen empfehlen.

Wenn Du dennoch die erste Richtung einschlagen willst, dann brauchst Du meine Mail nicht weiterzulesen, wenn Du eher in die zweite Richtung tendierst, kannst Du fortfahren.

Als Leser empfehle ich Dir, nicht die typischen Fehler der Autoren zu machen, die ihren ersten Roman schreiben. Die oft so viel erzählen wollen, dass sie das Buch überfrachten und man ihm anmerkt, dass sie so viel wie möglich hineinpacken wollen, vielleicht weil sie glauben, dass es ihr letztes Buch sein könnte, und sie gleich alles loswerden möchten. Am Ende sind es dann viel zu viele Kapitel. Und noch ein Rat: Du kannst schreiben, wozu Du Lust hast! Du kannst Dir ausdenken, was Du willst, das absurdeste Thema, das Dir in den Sinn kommt. Okay, Letzteres vielleicht doch nicht, aber möglicherweise kannst Du diesem Thema etwas entnehmen. Irgendwann hat sich mal jemand überlegt, über einen Elefanten zu schreiben, der mit den Ohren fliegen kann, und das Buch verkauft sich immer noch. Wichtig ist außerdem die Zeitenfolge, die Du wählst. Im Moment gibt es viele Bücher, die eine fortlaufende Geschichte erzählen, aber viele Rückblicke enthalten, also Er-

lebnisse des Protagonisten aus der Vergangenheit, um zu zeigen, wie sich die Persönlichkeit anhand früherer Erfahrungen entwickelt hat. Diese Möglichkeit mag ich sehr, denn durch den Zeitenwechsel ist der Roman gut strukturiert und die Lektüre wird nicht langweilig. Außerdem haben diese Zeitsprünge den Vorteil, dass man so Handlungsstränge einbauen kann, die auf den ersten und manchmal auch auf den zweiten Blick gar nichts mit der Haupthandlung zu tun haben, sodass sich in einigen Fällen erst auf den letzten Seiten eine Verbindung ergibt, die alles in einem anderen Licht erscheinen lässt.

Und bau ein bisschen Erotik ein, Du weißt ja: sex sells. Ich habe letztens in einem Film zwei erotische Szenen mit derselben jungen Frau gesehen. Einmal mit ihrem Freund, der ziemlich dreist ist und von dem sie eigentlich genug hat und den sie loswerden will. Stell Dir die Szene mal vor: ziemlich gewöhnlich. Kurz danach schläft sie mit einem anderen, in den sie sich verliebt hat, und das ist alles andere als gewöhnlich, ziemlich eindeutiger Sex, aber sehr elegant. (Genau, der Film ist Blue Valentine.*) Beide Szenen haben mir sehr gut gefallen, und vor allem der direkte Vergleich.*

Und noch etwas: In Deinem Roman sollte ein Kind vorkommen, das León heißt, wir beide wissen, warum. Außerdem musst Du ein Lied von Los Planetas *erwähnen (ich nehme mal an, dass Du irgendetwas über die Neunzigerjahre schreiben wirst), aber nur am Rande, so, dass es nicht so auffällt, nur den anderen Fans der Band. Solltest Du einen Roman über den Spanischen Bürgerkrieg schreiben, empfehle ich Dir* Los Planetas *lieber rauszulassen, es sei denn, Du schreibst auch etwas über einen Delorean. Wobei, jetzt, da ich darüber nach-*

denke: Wenn Du tatsächlich Lust hast, etwas über den Bürgerkrieg zu schreiben, aber auch über etwas Aktuelles … Dann mach das! Du könntest über zwei Soldaten schreiben, die auf verschiedenen Seiten kämpfen, aber irgendwie miteinander zu tun haben, und bringst das Ganze über die Geschichte des Enkels des einen Soldaten und der Enkelin des anderen zusammen, die in der heutigen Zeit ein Paar sind, ohne zu wissen, dass ihre Großväter befreundete Feinde waren. Denk mal darüber nach, und wenn Du nicht weiterkommst, mach etwas anderes daraus, im Gedenken an mich.

Ich freue mich darauf, von Dir zu hören.

Wie der Leser befiehlt, dachte ich. Und wenn man sich die aktuellen Bucherfolge so ansah, sollte ich in der Tat einiges davon beherzigen. Wobei es nicht so einfach sein würde, in die Geschichte meiner Großmutter ein Lied von *Los Planetas* einzubauen, wenn ich auch sicher eine Möglichkeit finden würde. Das Hauptproblem war nur, dass es die Geschichte meiner Großmutter noch gar nicht gab, weil ich meine Zeit damit verschwendete, mich in fremden Wohnungen umzusehen und die Leben anderer Leute zu erkunden. Nur dass ich das Antonio natürlich nicht erzählen konnte, weshalb ich ihm eine WhatsApp schickte und ihm für seine Ratschläge dankte.

Ha, ha, ha ;-) Ich werde die zweite Richtung einschlagen, aber auch etwas aus der ersten übernehmen.

Hast Du schon angefangen zu schreiben?

Ja, aber noch nichts Konkretes.

Ich merke schon, Du willst nicht damit rausrücken. Du kannst es mir ruhig erzählen, ich werde schweigen wie ein Grab.

Es gibt wirklich noch nichts zu erzählen, nur ein paar Notizen.

Okay. Dann mach's mal gut. Ich gehe jetzt mit Fran galicisch essen. Liebe Grüße.

Liebe Grüße auch an Dich.

Ich zündete mir eine Zigarette an und bereitete mich auf eine weitere Nacht in einer fremden Wohnung vor. Es war ein komisches Gefühl, dass man vom Treppenhaus aus eine perfekte Sicht in bestimmte Räume der Wohnungen hatte. Wenn ich vom sechsten in den siebten Stock hinaufging, konnte ich über den Innenhof genau in mein Schlafzimmer sehen. Mein ungemachtes Bett und vor allem die Seite, auf der Mariona schlief, konnten von jedem betrachtet werden. Ich ließ das Licht an, und mit einer Taschenlampe und dem Schlüsselbund ausgerüstet, machte ich mich erneut auf den Weg in die weit entfernte unbekannte Welt, die in jeder Nachbarwohnung zu finden ist.

Doña Margaritas Wohnung betrat ich mehr aus Neugier als aus einem anderen Bedürfnis heraus, doch da ich inzwischen beschlossen hatte, möglichst jede Wohnung im Haus zu erkunden, wollte ich auf diese nicht verzichten. Margarita war schon mindestens zehn Jahre tot, als Mariona und ich in unsere Wohnung einzogen, sodass es richtiger wäre zu sagen, dass es sich um die Wohnung ihres Mannes Honorio handelte. Allerdings hatte jeder im Haus immer von »Doña Margaritas Wohnung« gesprochen, und so war es geblieben.

Noelia, die Concierge, hatte mir von der Demenz erzählt, unter der Margarita litt, von ihren ständigen Schreien und wie schlecht es Honorio in jener Zeit gegangen war, als er zusehen musste, wie ihr ganzes Leben nach und nach verloren ging. Ich nahm an, dass er die Sommerferien mit einem seiner Kinder verbrachte. Von allen Wohnungen im Haus war diese die traurigste. Die Zeit schien stehen geblieben zu sein, und die Trauer lag regelrecht in der Luft. Vielleicht war ich durch das, was ich über die Bewohner wusste, auch beeinflusst, jedenfalls überkam mich gleich, nachdem ich die Wohnung betreten hatte, das Gefühl von Einsamkeit.

Das Wohnzimmer war klein. In der Mitte stand ein runder Tisch mit einer gehäkelten Tischdecke, über dem ein Spiegel hing. Eine ganze Galerie an Fotos war auf dem Tisch zu bewundern: Margarita, Honorio und die Kinder vor El Escorial, am Strand und zu Hause am Fenster der Wohnung. Ein alter Fernseher und ein Bild von der Jungfrau Maria komplettierten die Einrichtung. Der Küche mit ihren verblichenen Möbeln war ihr Alter ebenfalls anzusehen, doch wirklich deprimierend war das meergrün gekachelte Badezimmer. Ich stellte mir vor, wie Margarita in der großen Wanne mit dem silberfarbenen Griff ein Bad nahm. Der Raum erinnerte mich sehr an ein Foto von Gregory Crewdson, über den ich im Frühjahr eine Reportage gemacht hatte. Auf diesem Bild sitzt eine Frau mit verlorenem Blick an das Ende einer Badewanne gelehnt, wobei ihre Brüste, ihr Gesicht, ihr Haar, überhaupt alle Einzelheiten tiefstes Unglück ausstrahlen. Genau so war auch dieses Badezimmer. Ich stellte mir Margarita vor, wie sie auf Honorio wartete, damit er ihr aus der Wanne half, und sie hatte nicht einmal mehr die Kraft, ihr Schicksal zu verfluchen.

MARGARITA

Margarita hatte alles, was sich eine Frau ihrer Zeit wünschen konnte: Schönheit, einen guten Ehemann und eine Wohnung im Zentrum von Madrid. Ihre Ausbildung zur Krankenschwester verlief problemlos, und wenn alles weiterging wie geplant, würde sie bald in der Santa-Cristina-Klinik arbeiten, die nur einen kurzen Fußweg von ihrer Wohnung entfernt lag. Womit Margarita damals nicht rechnete, war das, was mit ihrem Kopf geschehen sollte, mit der von ihrem Vater geerbten Krankheit.

Zunächst maß sie der Tatsache, dass sie hin und wieder etwas vergaß, was sie gerade gehört hatte – einen Namen zum Beispiel –, keine größere Bedeutung bei. Ihr wurde jemand vorgestellt, und zehn Minuten später fragte sie ihren Mann nach dem Namen. Sie erschreckte sich erst, als sie eines Tages wie jeden Freitag beim Kartenspiel mit ihren Freundinnen saß und sich nicht mehr an die Regeln erinnern konnte. Normalerweise beherrschte sie die Canasta-Regeln im Schlaf, doch jetzt merkte sie zu ihrem Entsetzen, dass sie keine Ahnung mehr hatte, was die Worte, die ihre Mitspieler sagten – »aufnehmen«, »ablegen« oder »sperren«, »Canasta« oder »Joker« –, bedeuteten. Plötzliche Kopfschmerzen vorgebend, verließ sie die Runde, und von diesem Moment an nahm das Vergessen, das in ihr Leben eindrang, immer mehr Raum ein.

Ihr Fall war außergewöhnlich: Ihr Zustand stabilisierte sich nämlich, nachdem die Krankheit sämtliche Erinnerungen und damit ihre gesamte Existenz ausgelöscht hatte. Eigenartigerweise war für sie die Zeit, als die Krankheit wütete, nicht so schlimm wie die Phase, in der ihr bewusst wurde, dass irgendetwas in ihrem Kopf nicht mehr richtig funktionierte. Es verunsicherte sie zutiefst, dass sie nach und nach alles vergaß. Ihr Bewusstsein klammerte sich panisch an die Vergangenheit, sie versuchte die Sommertage, die sie am Strand verbracht hatte, ihre Jugend, die Liebe, die Umarmungen und auch die winterliche Kälte mit in die Gegenwart zu nehmen. Sie wollte diese Erinnerungen ganz weit vorn in ihrem Gedächtnis ablegen, da sie fürchtete, dass sie das, was am weitesten zurücklag, zuerst verlieren würde. Sie wusste, dass das Urteil gesprochen war, sie war krank, und sie kannte das Gesicht dieser Krankheit, die ihr Wesen und ihren Blick verändern würde. Sie hatte sich gut informiert, und schließlich war ihr klar, dass es die jüngsten Erinnerungen waren, die sie als Erstes vergessen würde.

»Guten Tag, Margarita, machen Sie jeden Tag Ihre Übungen, wie ich es Ihnen gesagt habe?«

»Ja.«

Auch Honorio nickte.

»Immerhin geht sie jeden Tag die Treppe zu unserer Wohnung hinunter und wieder hinauf. Und das sind sieben Etagen.«

»Sehr gut. Was haben Sie heute gegessen?«

»Mhm ... Ja, ich habe etwas gegessen. Warten Sie, es fällt mir gleich ein ...«

»Ist nicht so schlimm. Haben Sie sich etwas im Fernsehen angeschaut?«

»Ja, sicher.«

»Was? Können Sie es mir sagen?«

»Diese Sendung über ... In der über diese Sache geredet wurde, über diesen Mann.«

»Sehen Sie sich jetzt diesen roten Bleistift an. Lassen Sie ihn nicht aus den Augen. Margarita, erinnern Sie sich daran, wie Sie Honorio kennengelernt haben?«

Margaritas Gesichtsausdruck veränderte sich. Ihre Augen wurden wieder zu jenen Augen, die damals in dem Café im Zentrum der Stadt zum ersten Mal Honorios Blick begegnet waren.

»Natürlich! Wie könnte ich das vergessen! Es war im Café Comercial. Ich war an jenem Tag mit meiner Freundin Teresa verabredet, die schon nicht mehr unter uns weilt. Ich ging durch die Drehtür hinein, die sich nur schwer bewegen ließ, und an einem der Marmortische saß er mit irgendjemandem beim Schachspiel und wirkte ein wenig zerstreut. Obwohl ich mich direkt neben eine Säule setzte, konnte ich ihn in einem der Spiegel beobachten. Ich bestellte mir eine heiße Schokolade mit Churros und ertappte ihn mehrmals dabei, wie er mich ansah. Ohne genau zu wissen, warum, reagierte ich einmal mit einem Lächeln darauf. Teresa ließ auf sich warten, und als ich sah, dass der junge Mann aufstand und zu mir herüberkam, begann mein Herz schneller zu klopfen.

›Seit drei Jahren habe ich kein Spiel mehr verloren, aber seit ich Sie habe hereinkommen sehen, kann ich mich nicht mehr konzentrieren.‹

›Entschuldigen Sie, das wollte ich nicht.‹

›Darf ich Sie zu einer weiteren Tasse Schokolade einladen, oder warten Sie auf jemanden?‹

›Auf eine Freundin, die sich offensichtlich verspätet.‹

›Wenn es Ihnen nichts ausmacht, würde ich mich gern zu Ihnen setzen und mit Ihnen gemeinsam warten.‹«

Die Ärztin nickte zufrieden, bevor sie mit ihren Fragen fortfuhr.

»Sehr gut, Margarita! Und Sie? Spielen Sie Schach?«

»Gar nicht mal schlecht, aber längst nicht so gut wie Honorio.«

»Erinnern Sie sich an das, was ich Ihnen eben gezeigt habe? An den Stift, den ich dann wieder weggelegt habe? Welche Farbe hatte er?«

»Grün.«

Honorio bemühte sich, die Tränen hinunterzuschlucken, während er verfluchte, dass es keine Zukunft für sie gab, weil die verlorene Gegenwart sie verschlang.

Margarita war eine Zeitlang durchaus bewusst, dass ihr die Erinnerung, ja, ihr ganzes Leben nach und nach verloren ging. Jeden Abend betastete sie Honorios Gesicht, fuhr mit dem Finger die Konturen nach, untersuchte es, streichelte es, als könnte sie auf diese Weise etwas festhalten. Doch das Vergessen nahm einen immer größeren Raum ein, die Erinnerungen verschwanden einfach, und Margarita tastete hilflos nach Honorios Gesicht.

Eines Tages wusste sie seinen Namen nicht mehr, kam ihr nicht mehr jenes »Honorio« über die Lippen, das vom vielen Gebrauch schon ganz abgenutzt war. Sie schwieg wie versteinert und kniff die Augen zusammen, während sie in dem Schrank der Erinnerungen suchte, den sie mit so viel Geduld gefüllt hatte. Doch auf keinem Regalbrett, in keinem Fach, in keiner Schublade fand sie Honorio, genauso wenig wie die beiden Kinder, die sie gemeinsam auf die Welt gebracht hatten und deren Existenz für sie nach und nach erlosch. Dafür begegnete ihr die Erinnerung an ihre Mutter, ihre Tante, an eine Literaturlehrerin, die ihr beigebracht hatte, was es bedeutete, wirklich zu lesen und nicht die Texte einfach nur zu überfliegen. Sie fand einen Tag am Strand wieder, an dem sie sich einen Sonnenbrand geholt hatte, den Geschmack des Turrón-Eises, das ihr Vater ihr gekauft hatte, als sie zusammen vor dem Abendessen spazieren gegangen waren.

»Kauf dem Kind nichts Süßes, sonst isst es nachher nichts mehr«, hatte ihre Mutter immer gesagt. Woraufhin ihr Vater lächelte und ihr zuzwinkerte.

Margarita fand sogar jenes Zwinkern wieder. Ihr begegnete auch dieser Mann, der nun in der Küche stand und ihr, während er das Essen zubereitete, den Rücken zuwandte, nicht jedoch sein Name. Sie begann zu weinen, zu zittern, wurde von einer nicht zu verdrängenden Kälte erfasst. Honorio drehte sich zu ihr um, und das Lächeln, das er ihr schenken wollte, verschwand so schnell von seinen Lippen, dass es gar nicht erst zu ihr durchdrang. Er umarmte sie, hielt sie fest.

»Ich weiß nicht, wie du heißt. Ich sollte dich wohl lieben, aber ich weiß nicht einmal deinen Namen.«

»Ich bin Honorio, mein Schatz, und ich werde immer Honorio sein und ich werde es dir so oft sagen, wie es nötig ist, jede Minute, jede Sekunde, jeden Moment. Du wirst mich niemals vergessen.«

Kurz danach war ihr keine einzige Erinnerung mehr geblieben, und es gab nur noch Schreie um Mitternacht, Weinen und Aggressivität. An den Sommertagen drang die Verzweiflung in den Lichtschacht, und Honorio entschuldigte sich bei den Nachbarn, jedes Mal, wenn er einem von ihnen begegnete, vor allem bei dem Argentinier, der seit Kurzem in der Wohnung neben ihnen wohnte und von dem er wusste, dass er tagsüber schlief. Alle waren sehr verständnisvoll.

Margarita verbrachte viele Stunden in der Küche und sah aus dem Fenster, das lediglich auf eine weiße Mauer hinausging. Stunde um Stunde saß sie da, wobei sie sich immer wieder übers Haar fuhr und unzusammenhängende Worte murmelte.

Eines Morgens, als sie bereits auf fast nichts mehr reagierte, ließ ein plötzlicher Lärm sie auffahren. Wieder saß sie wie fast immer tagsüber am Küchenfenster. Sie beugte sich heraus und sah unten im Innenhof eine Frau in einer Blutlache liegen, und als sie nach oben schaute, einen Mann. Ihre Blicke kreuzten sich, bevor er eilig das Fenster schloss.

Es war der 20. September.

Am nächsten Morgen ging ich bei mehreren Schlüsseldiensten vorbei. Bei jedem ließ ich einen der Schlüssel des Schlüsselbundes kopieren. Es war besser, wenn ich nicht länger die Originale benutzte, sondern sie irgendwo aufbewahrte und mir von nun an mit eigenen Schlüsseln Einlass verschaffte. Es war gar nicht so leicht, im Viertel einen Schlüsseldienst zu finden, der nicht geschlossen war, sodass ich wegen der großen Anzahl der Duplikate sogar mit dem Bus ins Zentrum fahren musste. Straßen und Bürgersteige waren wie ausgestorben, und ich hatte das Gefühl, durch eine Geisterstadt zu gehen. Nur vereinzelt sah man den einen oder anderen Passanten, und die meisten Läden waren geschlossen. In einigen Schaufenstern wurde aufgrund der Wirtschaftskrise sogar die Geschäftsauflösung verkündet. Zurück zu Hause, musste ich daran denken, dass in einigen von den vor dem Ruin stehenden Läden in meiner Straße möglicherweise auch Ana und Simón eingekauft hatten. Sicher waren sie damals gut besucht, und auch meine Nachbarn waren jung und unternehmungslustig gewesen. Es hat etwas sehr Trauriges, mitansehen zu müssen, wie die Menschen und die Orte, an denen sich ihr Leben abgespielt hat, nach und nach zugrunde gehen.

Insgesamt hatte ich am Ende vierzehn nachgemachte Schlüssel: vierzehn Schlüssel zu vierzehn anderen Leben. Auch wenn ich sie nicht alle benutzen würde – die Wohnungen, in denen ich bereits gewesen war, beschäftigten mich schon genug –, hatte ich mich entschieden, den ganzen Bund nachmachen zu lassen.

Am darauffolgenden Samstag musste ich kurzfristig eine Reise zum Ferienhaus meiner Familie einschieben, da am Nachmittag die Asche meines Vaters im Meer verstreut werden sollte und wir uns zu diesem filmreifen Abschied dort trafen. Einer meiner Brüder kam ziemlich spät, erst als es bereits dunkel war, was die Sache erschwerte.

Die Szene hatte tragikomische Züge. Wir stiegen einen kleinen Felsen hinab und suchten nach einem geeigneten Ort, wo man uns nicht sehen konnte und wo es windstill war, damit uns mein Vater nicht ins Gesicht wehen würde.

Die Asche eines Toten im Meer zu verstreuen ist ein sehr alter Ritus. Irgendein Volk hatte sich eine gar nicht so dumme Vorgehensweise ausgedacht: Mit genügend Vorräten ausgestattet, begaben sich die Angehörigen des Toten für drei Tage auf eine Schiffsreise und nutzten die Zeit, um über die Erbangelegenheiten zu reden. Heute gab es andere Gründe, warum man sich für eine Meerbestattung entschied. Wie ich gelesen hatte, war diese Art der Beisetzung in Spanien derart in Mode geraten, dass das Ganze allmählich zu einem Problem wurde. So war an der Küste des Wallfahrtsortes El Rocío die Asche irgendeines Prominenten verstreut worden, und weil den Leuten die Idee gefiel, hatten es ihm viele nachgetan und ihre Urnen dort versenken lassen. Das führte dazu, dass bei Ebbe Urnen, Kränze und andere Dinge, die den Verstorbenen mitgegeben worden waren, plötzlich wieder auftauchten. Daher hatten die Behörden entsprechende Maßnahmen ergriffen, und die Küstenbestattungen reglementiert. In einigen Provinzen wurde ein Verstoß inzwischen mit einer Strafe von bis zu fünfzehntausend Euro geahndet.

Wir stiegen also zum Meer hinab, wobei wir unsere Handys als Taschenlampen benutzten, bis wir zu einer kleinen Landzunge kamen. Nach mehreren vergeblichen Versuchen gelang es uns, die Urne zu öffnen, und mein Vater wurde im Meer verteilt. Dabei fiel mir auf, was für eine beachtliche Menge Asche ein menschlicher Körper zurücklässt. Dort, wo die Asche ins Wasser fiel, bildete sich sogleich weißer Schaum. Ich steckte kurz die Hand ins Wasser und nässte damit meine Stirn, um mich so von meinem Vater zu verabschieden, wobei meine Erinnerungen an ihn bereits in weiter Ferne zu liegen schienen.

Als die Sache beendet war, ging ich noch kurz zum Haus meiner Mutter, um ihr einen Kuss zu geben. Dann machte ich mich auf den Rückweg.

Wieder war die Tiefgarage gähnend leer. Ich trat in den Eingangsbereich des Hauses, und als ich zum Aufzug kam, erlitt ich beinah einen Herzinfarkt: In Noelias Wohnung brannte Licht. Nicht besonders hell, aber ausreichend, um mir deutlich zu machen, dass die Concierge aus den Ferien zurückgekehrt war. Wieso wohl, es war doch erst der 13. August? Was, in Gottes Namen, machte sie hier? Ihre Rückkehr änderte alles, denn nun musste ich wesentlich vorsichtiger und vorausschauender agieren. Ich ging gleich in den fünften Stock hinauf, in Simóns Wohnung.

Noelias kleine Wohnung ging zum Lichtschacht hinaus, genau wie mein Schlafzimmerfenster und das von Simón, sodass ich in seinen Räumen nun überhaupt kein Licht mehr anmachen konnte – in den Zimmern zur Straße hin hatte ich das eh vermieden. Daher würde ich nur in der Küche etwas mehr sehen können.

Ich ging erneut durch die Wohnung, öffnete Schränke und nahm Kartons heraus. Dabei fand ich eine Pappschachtel voller Papiere: Rechnungen wie die des Energielieferanten, Reinigungsquittungen und Ähnliches. In einem anderen Karton wurden Dokumente und der Kaufvertrag über die Wohnung aufbewahrt. Sieh an, sie hatten die Wohnung auch von Manuel Aranda gekauft! Wahrscheinlich hatte er vor ihnen die gleiche Show abgezogen wie vor uns. Wie seltsam das alles war! Simón und Ana waren damals auch ein junges Paar voller Hoffnungen, das sich eine Wohnung in Madrid kaufte, zwei Verliebte, die das halbe Leben noch vor sich hatten, um es gemeinsam zu gestalten. Und dann?

Zwischen den Seiten des Kaufvertrages entdeckte ich ein Hochzeitsfoto der beiden: gut aussehend, elegant, ein eingefrorener Moment, der viele Jahre später unberührt in meine Hände gelangte. Die Personen neben ihnen waren wohl ihre Eltern, und auf der Rückseite stand ein handgeschriebenes Datum: 14. August 1972.

Der 14. August war ihr Hochzeitstag. Das Datum des morgigen Tages. Als es mir auffiel, kam mir einer von Simóns Briefen an Ana in der *Ahora* in den Sinn. Fieberhaft suchte ich nach dem Text, als hätte ich eine wichtige Spur entdeckt. Da war er:

Du weiß ja, dass ich zwei Jahrestage feiere: unseren Hochzeitstag und den Tag, an dem wir uns kennengelernt haben. In diesem Jahr war die Wunde noch zu frisch, und ich hätte nicht ins Museum gehen sollen, um mir noch einmal das Bild anzusehen. Ich bin davor regelrecht zusammengebrochen. Dieses Bild hat keine Bedeutung mehr, wenn wir es nicht zusammen betrachten, ohne dein Lächeln beim Anblick Lunardis. Ich wäre so gern mit dir einmal im Heißluftballon gefahren. Warum bist du gegangen? Was ist an jenem Morgen geschehen? Ich liebe dich; ich liebe dich, ich sage es in der Gegenwart, denn ich kann mich nicht daran gewöhnen, dass du zur Vergangenheit geworden bist.

Und wenn Simón nun auch am morgigen 14. August ins Museum gehen würde, um sich das Bild anzuschauen? Und wenn ich dann dort wäre, um ihm persönlich zu begegnen? Um zu sehen, wie er sich gehalten hatte, ihm ein aktuelles Gesicht zu geben, zu erahnen, was er fühlte, wenn er vor den drei Ballonfahrern stand? Mein Herz klopfte schneller. Das ist eine ziemlich abwegige Idee, sagte ich mir. Und doch! Zum ersten Mal gelang es mir, zwei Hinweise miteinander zu verknüpfen, und vielleicht würde einer davon Früchte tragen. Ich hatte keine genaue Vorstellung, was es mir bringen würde zu wissen, wie Simón heute aussah, aber aus irgendeinem Grund schien es mir wichtig. Ich hatte genug davon, immer nur in Filmen, die ich sah, oder in Büchern, die ich las, auf Dinge zu stoßen, die eine entscheidende Verbindung eingingen, Brotkrumen, die der Regisseur oder der Autor streuten, damit man ihrem Weg folgte. Gut: Das waren nun meine Brotkrumen.

Ich erwachte am frühen Morgen noch völlig verschlafen und mit Rückenschmerzen in dem alten Ohrensessel. Nachdem ich mich erhoben hatte, ordnete ich alles wieder so, wie ich es vorgefunden hatte, und öffnete die Wohnungstür. Dabei fiel mir Noelia wieder ein, weshalb ich die Tür extrem vorsichtig schloss, leise die Treppe hinaufging und den Schlüssel ins Schloss meiner Wohnungstür steckte.

»Hola! Du bist ja schon früh unterwegs! Was ist los? Ist der Aufzug mal wieder kaputt, dass du die Treppe nehmen musst?«

»Noelia! Meine Güte, hast du mich erschreckt! Nein, nein, der Aufzug ist nicht kaputt. Aber weil mir wegen der Arbeit keine Zeit bleibt, ins Fitnessstudio zu gehen, nehme ich so oft wie möglich die Treppe. Ich war gerade unten, um nachzusehen, ob die Konditorei an der Ecke schon geöffnet hat, leider vergeblich. Also werde ich im Sender frühstücken. Wie war der Urlaub?«

»Nicht so toll. Ich musste schon früher zurückkommen wegen meiner anderen Arbeitsstelle. Wie es aussieht, sind zwei Kolleginnen krank geworden, deswegen musste ich meinen Urlaub abbrechen. Und du weißt ja, dass man in diesen schlechten Zeiten in so einer Lage lieber nicht Nein sagen sollte.«

»Wie ärgerlich! Wie sind denn die Arbeitszeiten bei deiner anderen Stelle?«

»Bitte?« Sie sah mich erstaunt an.

Mist, was für eine dumme und sinnlose Frage! Warum sollte es mich etwas angehen, zu welchen Zeiten Noelia nicht im Haus war?

»Ich meine, sind deine Arbeitszeiten wenigstens so, dass du noch genügend Freizeit hast, damit dir die Ferien nicht vollkommen verdorben sind?«

»Ich verstehe.«

Allmählich wurde ich paranoid. Dieses »Ich verstehe«, dem erst einmal nichts folgte, klang in meinen Ohren wie: »Ich verstehe, du glaubst, ich bin blöd und weiß nicht, dass du in den anderen Wohnungen herumschnüffelst und gerade aus der im fünften Stock links kommst, wo du dich umgesehen oder was auch immer getrieben hast …« Das zumindest entnahm ich ihrem »Ich verstehe«. Und die darauf folgende kurze Pause erschien mir unglaublich lang, bis endlich das nächste Wort folgte, das ein »also« war.

»Ich verstehe. Also ich fange um sechs Uhr abends dort an und komme so gegen Mitternacht, spätestens um eins nach Hause. Und wie waren deine Ferien? Und Mariona? Wie geht es ihr?«

»Meine Ferien waren auch eher mittelmäßig. Ende Juli ist mein Vater gestorben, das hat mich ganz schön mitgenommen, und ich hänge immer noch ein wenig durch. Mariona geht es sehr gut. Ihr Bauch ist ganz schön dick geworden, aber sie fühlt sich gut und hat keine Beschwerden. Sie ist gerade bei ihren Eltern am Meer.«

»Ach je, das mit deinem Vater ist ja wirklich traurig. Mein aufrichtiges Beileid. Und alles Liebe für Mariona.« Sie sah mich mitfühlend an. »Tja, wie es aussieht, sind wir beide hier vorerst allein, alle anderen sind noch verreist. Wenn du etwas brauchst, sag es mir.«

Meine Ausflüge in die Nachbarwohnungen musste ich von nun an also wesentlich umsichtiger angehen und genau darauf achten, wo Noelia sich gerade aufhielt. Zum Glück würde sie ihre Arbeit als Concierge in unserem Haus erst nach den Ferien wiederaufnehmen, sodass ich ihr nicht über den Weg laufen würde, während sie das Treppenhaus fegte oder putzte. Was sie wohl im Treppenhaus gemacht hatte, als wir uns begegnet waren? Sicher hatte sie nach dem Schlüsselbund gesucht! Und sie würde ihn wohl auch bald finden, denn ich hatte ihn neben eine der Mülltonnen im Innenhof gelegt.

Auf dem Weg zur Arbeit spazierte ich durch den Park und machte mit Jorge eine kurze Zigarettenpause. Wir setzten uns in den Schatten des Denkmals für Gustavo Adolfo Bécquer, vor dem ich immer mal wieder gern stehen blieb, um die in den Stein gemeißelten Verse zu lesen. Vorn stand der Vers:

Hoy como ayer, mañana como hoy,
¡y siempre igual!
Un cielo gris, un horizonte eterno
y andar… andar.

Heute wie gestern, morgen wie heute,
und immer gleich!
Ein grauer Himmel, ein endloser Horizont
und gehen … gehen.

Auf der Rückseite war zu lesen:

¿De dónde vengo?… El más horrible y áspero
de los senderos busca;
las huellas de unos pies ensangrentados
sobre la roca dura.

Woher ich komme …? Suche
den schauerlichsten und schroffsten der Pfade;
die Spuren von blutbefleckten Füßen
auf dem harten Fels.

Wenn man nach oben schaute, sah man dort den Dichter so, als ob er spazieren ginge, die Hände hinter dem Rücken verschränkt, mit verträumtem Blick und dem empfindsamen Gesichtsausdruck eines Menschen, dessen Liebe nicht erhört wurde. Rechts neben ihm, unten auf dem Boden, stellen die Skulpturen einer Frau und eines Mannes Bécquers Verse und Legenden dar.

»Sag mal, Jorge, glaubst du wirklich, dass die gärtnerische Betreuung des Parks einem Privatunternehmen übergeben wird?«

»Klar. Denn was bedeutet unsere Arbeit am Ende schon? Den Leuten fällt erst auf, wie schön und gut gepflegt ein Park war, wenn dies nicht mehr der Fall ist, und dann kommen sie eben nicht mehr her, der Park wird geschlossen, und in ein paar Jahren werden hier Häuser gebaut, und das war's.«

»Auf keinen Fall! Häuser hier? Unmöglich! Dieser Park darf nicht verschwinden!«

»Es sind schon schlimmere Dinge passiert. Überleg doch mal! Vor vielen Jahren war auch die Gegend um die Calle Vélazquez, die Calle Hermosilla und die Calle Castelló ein Parkgelände, dort, wo sich heute das Salamanca-Viertel befindet. Und wer erinnert sich noch daran? Niemand. Solche Dinge werden einfach gemacht, und mit der Zeit werden sie zur Normalität. Wenn dieser Park heute geschlossen würde, würden in dreißig, vierzig Jahren die Leute sagen: ›Weißt du, dass hier früher einmal ein Park gewesen ist?‹ Und fertig.

Irgendwer wird sicher daran verdienen. Heutzutage ist alles möglich.«

»Da bin ich anderer Meinung. Ich finde, ihr seid unverzichtbar. Stell dir mal vor, wenn diesen Bécquer hier niemand mehr sehen würde, oder die Statue von Puschkin, die wird eh viel zu wenig beachtet.«

»Ja, der Arme wird nur selten wahrgenommen, und mit Bécquer ist die Konkurrenz groß, dabei hat Puschkin wirklich toll geschrieben. Mein Vater hat auch schon hier im Park gearbeitet, und er hat mir erzählt, dass über die Errichtung des Puschkin-Monuments sogar in der Zeitung berichtet wurde. Wenn ich ihn noch finde, bringe ich dir den Artikel mal mit.«

»Darüber würde ich mich freuen. Und jetzt mache ich mich auf den Weg zur Arbeit, sonst komme ich noch zu spät.«

Russische Verse
SIMÓN H. DÍAZ
Madrid

Wie es aussieht, ist die russische Sprache in Madrid nicht sehr verbreitet. Es ist sogar so, dass in unserer Stadt so gut wie kein Russisch gesprochen wird. Doch die Poesie geht über die Sprache hinaus und findet ihre Verse an den unerwartetsten Orten. Natürlich gehört zu russischen Versen die russische Kälte dazu – vielleicht wurde deshalb an einem der kältesten Tage, die Madrid je erlebte, die Statue des großen russischen Dichters Alexander Puschkin im Parque de la Quinta de la Fuente del Berro aufgestellt. Der neue Parkbewohner in seiner metallenen Kluft mit hoch zugeknöpftem Gehrock, wirrem Haar und langen Koteletten blickte dem Empfangskomitee gelassen entgegen, das von seinem Landsmann, dem sowjetischen Botschafter Yuri Dubinin, und Bürgermeister Tierno Galván angeführt wurde. Da dem Vertreter dieser Zeitung an einem Meinungsaustausch mit dem Helden dieses kalten Morgens gelegen war, entschied er sich, nach dem offiziellen Akt noch eine Weile zu bleiben. In lockerem Tonfall teilte Puschkin mit, dass er sich freue, Gustavo Adolfo Bécquer in seiner Nähe zu wissen, dessen Verse und Legenden er kenne und der sicher ein exzellenter Gesprächspartner sei. Dabei ist Puschkin selbst einer der größten Dichter des neunzehnten Jahrhunderts und hat viel dazu beigetragen, dass diese Ära als das »goldene Zeitalter« der russischen Literatur gilt.

»Ein Augenblick ist mein gewesen:
Du standst vor mir mit einem Mal.

Ein rasch entfliegend Wunderwesen.
Der reinen Schönheit Ideal.«

Puschkins Leben als Dichter ging so weit, dass sogar sein Tod beinah poetisch zu nennen ist: Er starb bei einem Duell an einem Tag im Januar, an dem es so kalt war wie gerade jetzt. Ein französischer Offizier hatte seiner Frau, einer der schönsten Frauen jener Zeit, in allzu aufdringlicher Weise den Hof gemacht. Die Angelegenheit endete damit, dass Puschkin durch einen Bauchschuss getötet wurde. Böse Zungen behaupten, dass Puschkins Pistole manipuliert worden sei und deshalb nicht richtig funktioniert habe. Mit ihm starben seine Worte und seine Verse. Vielleicht wird er in diesem Park den gleichen Frieden finden wie in dem Dorf Boldino, wo er seine Gedichte schrieb und die Worte zum Strahlen brachte, die sich in jeder Sprache reimen.

»Ich kann so nicht weitermachen! Es ist einfach ungerecht Simón gegenüber! Er ist ein guter Mann, der mir alles gegeben hat. Manchmal merke ich, dass er, anstatt die Zeitung zu lesen, mich über die Seiten hinweg ansieht. Wenn ich ihn dabei ertappe, lacht er, und auf meine Frage hin, was er da macht, antwortet er mir, dass er einfach nur da ist.«

Als Ana dies sagte, war sie bereits wieder halb entkleidet auf dem Weg in Héctors Bett, um sich einer weiteren halben Stunde lang der Leidenschaft und dem Stöhnen hinzugeben. Dem Bett gegenüber hing ein Spiegel, und oft, wenn sie sich bei der Liebe darin betrachtete, fiel es ihr schwer, in der Frau, die sie sah, sich selbst zu erkennen. Und wenn sie anschließend, verschwitzt und atemlos, nackt nebeneinander lagen, zündete sich Héctor eine Zigarette an, während sie von Zweifeln und Gewissensbissen gequält wurde.

»Mach dir keine Sorgen um Simón, mein Schatz. Er muss es ja nicht erfahren. Und wenn du dich doch dazu entscheiden solltest, ihn zu verlassen, bin ich sofort bereit, mit dir gemeinsam neu anzufangen, das weißt du.«

»Und was würden wir tun? Du hast deine Arbeit in der Cocktailbar, und was sollte ich machen? Außerdem hat Simón das nicht verdient.«

»Hab keine Angst, alles wird gut werden.«

»Ja, du hast sicher recht.« Ana schwieg eine Weile, dann stützte sie sich auf dem Ellbogen auf und sah Héctor an. »Hör mal, ich würde gern einen Zweitschlüssel von meiner Wohnung hier hinterlegen, falls ich eines

Morgens meinen Schlüssel vergesse und vor der eigenen Tür stehe. Stell dir mal vor, wenn ich im Morgenmantel bei Noelia klingeln müsste, um sie um Hilfe zu bitten. Sie würde sicher unangenehme Fragen stellen.«

»Das kannst du gerne machen. Ich werde den Schlüssel in dem Porzellanfrosch auf dem Schrank aufbewahren.«

»Gut.« Ana seufzte erleichtert. »Ich geh dann mal wieder runter. Gib mir einen Kuss.«

»Von wegen einen Kuss! Komm her! Ich bin noch längst nicht fertig mit dir. Eigentlich haben wir noch gar nicht richtig angefangen.«

»Das macht vierzehn Euro.«

»Ich habe einen Presseausweis.«

»Sehr gut. Könnten Sie ihn mir kurz zeigen? Perfekt. Dann ist der Eintritt frei.«

»Danke.«

»Viel Spaß.«

Das Museo del Prado hatte gerade erst seine Türen geöffnet und erwachte nur langsam zum Leben. Ich ging direkt in die Räume der Ausstellung *La belleza encerrada*, suchte nach den Ballonfahrern und hielt mich von da an in der Nähe des Bildes auf, um alle Besucher im Auge zu behalten, die sich ihm näherten. Zwei Stunden später war noch niemand stehen geblieben, um das Gemälde genauer zu betrachten. Ich begann auf und ab zu gehen, wandte dabei jedoch nie den Blick von dem Bild ab. Ich hatte meine Arbeitszeiten getauscht und konnte bis maximal zwei Uhr bleiben, was hieß, dass ich noch drei Stunden hatte, um mich unauffällig in dem Raum aufzuhalten, möglichst so, dass das Aufsichtspersonal angesichts meiner dauerhaften Anwesenheit nicht misstrauisch wurde. Es ist unglaublich, wie langsam man sich fortbewegen kann, wenn man es sich vornimmt. Ich stellte fest, dass man einen Schritt tatsächlich auf fünf oder sechs Sekunden ausdehnen kann, falls man es darauf anlegt. So brauchte ich ganze vier oder fünf Minuten, um von einer Seite des Raumes zur anderen zu gelangen.

Mit dem Weg, den ich zurücklegte, stellte ich den Tagesverlauf meiner alten Uhr nach, eines Erbstücks meines Vaters. Der Stundenzeiger musste zwei Mal die Runde machen, bis ein Tag vergangen war. Als ich auf Höhe der Zehn war, hob ich wieder den Kopf und sah einen Mann gedankenverloren vor Rigauds Gemälde stehen.

Mein Herz klopfte schneller. Mich überkam das gleiche Gefühl wie vor einer Prüfung oder vor einem Auftritt vor Publikum, etwas, was mich jedes Mal große Überwindung kostet. Aufgeregt trat ich zu dem Bild und blieb in der Nähe des Mannes, knapp hinter ihm, stehen.

Er war groß und hatte lockiges graues Haar, trug eine dunkle Jeans und ein weißes Hemd, dessen Ärmel bis zu den Ellbogen aufgekrempelt waren. Im Prado ist das Fotografieren verboten, weshalb ich mir etwas ausdenken musste, um ein Bild von ihm machen zu können. Daher tat ich so, als würde ich mit dem Handy telefonieren, ging zwischen dem Gemälde und ihm vorbei und drückte auf den Lautstärkeregler, der auch als Auslöser für die Kamera dient. Zack, und das Bild war im Kasten. Der Mann war so versunken in der Betrachtung des Bildes, dass er mich gar nicht wahrnahm.

Zehn Minuten später sprach ich ihn an.

»Ein schönes Gemälde, was? Und die Geschichte dieser Ballonfahrt ist sehr ungewöhnlich.«

»Verzeihung? Ach so, ja, es gefällt mir auch sehr gut«, entgegnete der Mann, der für mich Simóns Gesicht hatte.

»Nur wenige Leute bleiben stehen, um es sich anzusehen, es ist nicht besonders auffällig.«

»Nun ja, es ist nicht so bekannt. Für mich hat es eine besondere Bedeutung, ich mag es sehr.«

»Ach, ja? Wieso?«

Ich merkte, dass ich zu weit gegangen war: Meine Frage war deplatziert, viel zu direkt und einschüchternd. Der alte Mann schaute mich irritiert an.

»Aus persönlichen Gründen. Wenn Sie mich jetzt bitte entschuldigen wollen, ich würde mir das Bild gern eine Weile in Ruhe ansehen.«

»Natürlich. Verzeihen Sie.«

Im Bus auf dem Weg zur Arbeit sah ich mir das Foto von Simón auf meinem Handy an und betrachtete das Gesicht dieses noch immer verliebten Mannes. Als ich das Bild mit den Fingern vergrößerte, konnte ich deutlich erkennen, dass Tränen in seinen Augen standen. Auch nach all den Jahren war die Wunde noch nicht verheilt.

»Hi, hi. Entschuldigung, aber es ist so witzig!«

»Wie meinen Sie das, Señorita?«

»Das Gesicht dieses Mannes, seine Haltung, wie er guckt. Ich weiß nicht, dieses Bild gefällt mir, auch wenn es ein bisschen kitschig ist. Finden Sie nicht?«

»Na ja, ich würde nicht sagen, dass es kitschig ist. Es gibt viel über dieses Bild zu erzählen. Als ich ein Kind war, habe ich die Geschichte oft gehört, wenn auch ein wenig verändert; sagen wir, die offizielle Version.«

»Gibt es etwa ein Geheimnis, das sich dahinter verbirgt?«

»Aber nein. Überhaupt nicht! Es ist nur so, dass sich diese Szene in der Wirklichkeit nicht so abgespielt hat.«

»Also ist alles erfunden?«

»Nein, nein. Die Szene beruht schon auf wahren Tatsachen. Sehen Sie, die Frau ist eine Schauspielerin aus jener Zeit, und sie war die erste Frau, die in Großbritannien mit einem Heißluftballon in die Luft aufgestiegen ist. Wenn Sie genau hinsehen, können Sie erkennen, dass der Ballon in den Wolken schwebt. In Wirklichkeit sind die drei jedoch niemals gemeinsam geflogen.«

»Ach, nein? Welcher von ihnen ist denn unten geblieben?«

»Der, über den Sie sich so amüsieren. Vincenzo Lunardi, der ein wahrer Gentleman war.«

Sich kicherte wieder und entschuldigte sich sofort.

»Kein Problem. Es war wohl so, dass die Schauspielerin, wie mir vor Kurzem der Kurator erzählt hat, sehr hübsch war, aber nicht ganz so zierlich, wie der Maler sie festgehalten hat. Sie soll fast neunzig Kilo gewogen haben, und der Heißluftallon konnte mit diesem Gewicht nicht abheben. Daher entschied sich Lunardi, ein höflicher Italiener, der schon viele Male Ballon gefahren war, auszusteigen, und Letitia – oder Leticia, wie man mir zu sagen beigebracht hat – konnte in Begleitung von Mr Biggin, der unentwegt auf die Uhr sah, in Richtung Himmel aufsteigen.«

»Sie sind also ein Kunstexperte.«

»Nein, keineswegs. Es ist nur so, dass dieses Bild in meiner Kindheit eine wichtige Rolle gespielt hat.«

»Wie schön, wenn es ein solches Bild gibt, das man ab und zu besuchen kann.«

»Ich bin Kulturjournalist bei der Zeitung *Ahora,* und immer, wenn ich im Prado bin, nutze ich die Gelegenheit, hier vorbeizuschauen.«

»Journalist! Wie aufregend! Wie originell! Beneidenswert! Das heißt, dass Sie jetzt gerade bei der Arbeit sind …«

»Genau … In den letzten fünf Minuten allerdings nicht.«

Ana lächelte, und eine leichte Röte stieg ihr in die Wangen.

»Vielen Dank, dass Sie mir Leticias Geschichte erzählt haben.«

»Keine Ursache, es war mir ein Vergnügen.«

Simón, der ja nicht dumm war, überlegte fieberhaft, wie er verhindern könnte, dass dieser Abschied zu einem endgültigen würde. Er musste dringend in die Redaktion zurückkehren, deshalb war es ihm nicht möglich, die hübsche junge Frau sofort auf einen Kaffee einzuladen.

»Hätten Sie vielleicht Lust, bei einer Tasse Kaffee die ganze Geschichte zu hören? Irgendwann in den nächsten Tagen? Ich weiß nicht, morgen vielleicht, am Samstag?«

»Mal sehen. Mhm … Also …«

»Ich wollte Sie nicht belästigen … Entschuldigung.«

»Nein, nein, Sie belästigen mich nicht. Ganz im Gegenteil. Ich habe nur kurz überlegt, ob Sie mich nicht anstatt zu einem Kaffee zu einer Ballonfahrt einladen könnten. Aber den Kaffee nehme ich auch gern.«

Er lachte.

»Übrigens heiße ich Ana Gómez Serná, mit Akzent auf dem ›a‹.«

»Ach ja, wie dumm von mir! Ich hätte mich auch schon längst vorstellen sollen. Mein Name ist Simón Hurtado, mit Akzent auf dem ›o‹ von Simón.«

Ich konnte nicht glauben, was ich sah. Das waren bestimmt tausend oder zweitausend Briefe. Alle Umschläge schienen ungeöffnet. Und alle waren an Empfänger in unserem Gebäude oder in den angrenzenden Häusern adressiert. Ich steckte den Arm so tief es ging in einen der Säcke. Einige Briefe waren über dreißig Jahre alt, trugen abgestempelte Briefmarken von 1980, 1983, sogar von 1978. Die Wohnung im dritten Stock links schien eine Art privates Postamt zu sein. Was, zum Teufel, hatte Don Marcos all die Zeit über mit diesen Briefen gemacht? Und wie war es möglich, dass niemand danach gefragt, vergeblich darauf gewartet hatte? Bei Mariona und mir wunderte es mich nicht, denn wir erhielten höchstens hin und wieder ein Schreiben von der Bank und meistens nicht einmal das, weil wir alles online erledigten. Doch irgendwann in all der Zeit musste den Leuten doch etwas aufgefallen sein!

Ich wählte auf gut Glück einen Brief aus. Er war an eine gewisse Cristina in unserem Haus in der Wohnung im vierten Stock rechts gerichtet. Wie es aussah, würde es eine lange Nacht werden.

Die Wohnung im dritten Stock, in der ich mich gerade befand, war um einiges kleiner als die anderen. Sie war dort zu Ende, wo in meiner Wohnung der Schlafzimmerbereich begann. Eine Diele, ein mittelgroßes Schlafzimmer mit einem Einzelbett, eine winzige Küche, ein Bad mit Wanne und ein Wohnzimmer, in dem alles eng zusammen stand. Ich nahm an, dass die Quadratmeter, um die diese Wohnung kleiner war, der anderen Wohnung im dritten Stock zugutegekommen waren. Hier jedenfalls lebte eindeutig nur eine Person: Das helle Sofa war klein, im Schlafzimmer befand sich ein Einzelbett. Es gab tatsächlich Menschen, die aus Gewohnheit oder weil sie kein anderes Bett hatten, ihr ganzes Leben lang auf einer Matratze von nur neunzig Zentimetern Breite schliefen. Die Zeit vergeht, und am Ende findet sich einfach nicht die richtige Person, mit der man das Bett teilen möchte. Es ist einer der entscheidenden Schritte im Leben: Wenn wir unsere Nächte nicht länger in einem Bett von achtzig oder neunzig Zentimetern verbringen, sondern in eines von mindestens 1,40 Metern wechseln. Wenn ein älterer Mensch in einem Neunzig-Zentimeter-Bett schläft, lässt das auf große Einsamkeit schließen. Der Postbote hätte sicher einiges darüber sagen können.

Liebe Cristina,
mein Schatz, Du antwortest nicht auf meine Briefe und reagierst nicht auf meine Anrufe, und natürlich öffnet mir Deine Mutter nicht die Haustür oder die Wohnungstür, wenn es mir gelingt, irgendwie ins Haus zu kommen. Ich hoffe, dass sie Dir wenigstens die Blumen gegeben hat, die ich Dir zu Deinem letzten Geburtstag gekauft habe.

Ich sage es Dir noch einmal und werde es so oft wiederholen, wie es nötig ist: Es ist mir egal, was die Ärzte sagen, es ist mir egal, dass Du vielleicht nie wieder gehen oder das Haus verlassen kannst, ich möchte nur bei Dir sein.

Von wem war hier wohl die Rede? Wer war jene Cristina, die in Doña Amalias Wohnung gelebt hatte? Unter welcher Krankheit hatte sie gelitten? Vielleicht war es eine Verwandte.

Ich wühlte erneut in der nie zugestellten Korrespondenz.

Sieh an, ein Brief an Héctor im siebten Stock links von einem gewissen Pedro Sebastián. Der Brief musste schon einige Jahre alt sein. Und der Umschlag war nicht verschlossen, wie seltsam! Wie es aussah, schien es sich eher um einen Entwurf als um einen richtigen Brief zu handeln.

Der Text war durchgestrichen: Das ganze Blatt war von zwei sich in der Mitte kreuzenden Linien überzogen.

Lieber Héctor,
dieser Brief hat einen langen Weg hinter sich, wenn man bedenkt, dass ich ihn einfach selbst in Deinen Briefkasten hätte werfen können, doch ich fürchte bei jedem Geräusch und jeder Geste, dass sie mich verraten könnten oder dass Noelia genau in dem Moment aus ihrer Wohnung kommt. Ich habe sogar einen anderen Namen als Absender angegeben, um keine Spuren zu hinterlassen. Ich schreibe Dir, weil mir der Mut fehlt, Dir das, was ich zu sagen habe, persönlich mitzuteilen, weil Du mich vielleicht davon abbringen und mich überzeugen würdest, meine Meinung zu ändern. Aber ich kann so nicht weitermachen, ich möchte nicht, dass mein Leben hin und her gerissen ist zwischen zwei Männern, das ist uns allen dreien gegenüber

unfair. Simón hat es nicht verdient, was wir ihm antun, es würde ihn umbringen, wenn er von uns erführe. Wir dürfen uns nicht mehr sehen, Héctor! Ich weiß, dass es am Anfang unerträglich für mich sein wird, Dir auf der Treppe zu begegnen oder in den Aufzug zu steigen und Deinen Duft zu riechen. Das Schlimmste wird sein, Dich nicht mehr zu erwarten, doch wir müssen diese Tür schließen, die wir niemals hätten öffnen dürfen. Du brauchst auf diesen Brief nicht zu antworten, wie Du auch meine vorherigen Briefe nicht beantwortet hast, aber bitte lass mich gehen, damit ich Dich nach und nach vergessen kann.
In großer Liebe, die nie wieder sein darf,
Ana

Ich war wie versteinert. Der Brief stammte von Ana, von Simóns Ana! Sie hatte eine Affäre mit dem ehemaligen Bewohner der Dachwohnung, der, wie mir Noelia erzählt hatte, ein Onkel des Schauspielers gewesen war. Aber wie konnte es dann sein, dass Simón sie immer noch so sehr liebte? Wie war es möglich, dass er dennoch jedes Jahr einen dieser Texte für sie in der Zeitung veröffentlicht hatte? Simón begann mir aufrichtig leidzutun.

Ich hörte, dass der Aufzug sich in Bewegung setzte. Das Geräusch der Seilrolle, das durch den gesamten Lichtschacht hallte, war unverkennbar. Jemand war im Gebäude unterwegs. Eilig steckte ich alle Briefe wieder in den Postsack zurück und lief zur Wohnungstür, um durch den Spion zu schauen.

Der Aufzug fuhr am dritten Stock vorbei, am vierten ebenfalls, wie ich meinte, und hielt meinem Gefühl nach in der fünften Etage. Auf Zehenspitzen schlich ich in die Küche des Postboten, um nachzusehen, ob zum Innenhof hin Licht eingeschaltet wurde.

MARCOS

Marcos hatte schon immer Postbote werden wollen. Seine Familie wunderte sich jedes Mal, mit welcher Entschiedenheit er als Kind diesen Berufswunsch äußerte, wenn er gefragt wurde, was er einmal werden wolle. Nicht Rechtsanwalt, nicht Fußballstar, nicht Architekt oder etwas Ähnliches: Er wollte Postbote werden – so einer wie Don Marcelo, der Briefträger, der jeden Tag zu ihnen nach Hause kam.

Don Marcelo beeindruckte Marcos mit seiner Jacke und der Hose mit den roten Streifen an den Seiten, der Krawatte, den Schuhen oder Sandalen – je nach Jahreszeit –, der Mütze, die ihn wie einen Kapitän aussehen ließ, und der großen Ledertasche – »Posttasche« sagte man, wie Don Marcelo ihm erklärte – voller Worte, die darauf warteten, gelesen zu werden. Ganz besonders gefiel Marcos außerdem das Pfeifen. Don Marcelo kam immer etwa gegen elf Uhr morgens an die Haustür, trat ein und ließ sein Pfeifen ertönen. Woraufhin das ganze Haus still wurde, um seinen Rufen zu lauschen.

»Post für Doña Elisa im zweiten und für Antonio im ersten Stock!«

Die genannten Hausbewohner eilten dann die Treppe hinab, um ihren Schatz abzuholen. Für den kleinen

Marcos war nie ein Brief dabei, trotzdem schlug ihm jedes Mal das Herz bis zum Halse, wenn er den Postboten einen Namen rufen hörte.

Damit seine Mutter Asunción ihre Post erhielt, auch wenn ihr Sohn nicht da war, um nach unten in den Hausflur zu sausen, hatte Marcos sich eine originelle Methode einfallen lassen. Sie wohnten im dritten Stock, und Asunción war sehr dick und verließ so gut wie nie die Wohnung. Daher hatte Marcos ein Seil an einen Korb gebunden, und wenn seine Mutter ihren Namen hörte, ließ sie den Korb im Innenhof hinunter. Eine Erfindung, die auch der Bote des Lebensmittelladens nutzte, wenn er die bestellte Ware brachte.

»Hör mal, mein Junge, so toll, wie du glaubst, ist dieser Beruf nicht. Vergiss nicht, dass ich auch samstags und manchmal sogar sonntags die Post austragen muss, und wenn ich mal Urlaub machen möchte, muss ich mich selbst um eine Vertretung bemühen. Außerdem werden immer weniger Briefe und immer mehr Formulare verschickt, obwohl es durchaus noch Menschen gibt, die sich nach Briefen von jemandem sehnen, zumindest glaube ich das, wegen des freudigen Empfangs, den mir manche Leute bereiten. Das ist es, wofür sich die Arbeit lohnt – zu wissen, dass es immer jemanden gibt, der auf einen wartet.«

»Und haben Sie noch nie einen Brief gelesen oder zumindest geöffnet?«

»Aber was redest du da? Bist du verrückt? Hast du noch nie etwas vom Briefgeheimnis gehört? Einen fremden Brief zu lesen ist eine Todsünde für jeden Postboten, wir sind nur die Überbringer, wir stellen lediglich die Verbindung zwischen der guten oder der schlechten Nachricht und dem Empfänger her. Wobei ich zugeben muss, dass ich es einmal tatsächlich getan habe.

Es gab einmal eine Frau, die viele Jahre lang ganz allein in einer Wohnung etwas außerhalb der Stadt lebte. Sie hatte nur einen Sohn, der sie nie besuchte und ihr nur schrieb, wenn er Geld brauchte. Sie hat es ihm immer gegeben. Eines Tages rief ich beim Postaustragen unten im Flur ihren Namen, und sie kam nicht herunter, um den Brief abzuholen. Also ging ich nach oben. Ich klopfte an ihre Tür, und sie bat mich auf einen Kaffee herein. Dann bestätigte sie, was ich ihr bereits angesehen hatte: dass sie bald sterben würde. Mir fiel auf, dass sie den Brief, den ich ihr gebracht hatte, nicht öffnete. Als sie bemerkte, dass ich auf den Umschlag sah, sagte sie: ›Der ist von meinem Sohn; er will Geld. Er schreibt immer nur deswegen.‹ ›Wollen Sie es ihm nicht sagen?‹, fragte ich darauf. ›Warum sollte ich? Seit Jahren hat er mich nicht besucht und schreibt nur, wenn er Geld braucht. Mein Junge …‹«

»Und was haben Sie getan, Don Marcelo?«

»Na ja, zwei Wochen später kam ein weiterer Brief von ihrem Sohn. Wie ich annahm, bat er erneut um Geld. Daraufhin habe ich den Umschlag geöffnet, und weil die Schrift leicht nachzumachen war und er nur wenige Worte geschrieben hatte, habe ich den Brief ausgetauscht.«

»Und wie ist es Ihnen gelungen, den Umschlag zu öffnen und wieder zu verschließen, ohne dass es zu sehen war?«

»Das ist ein alter Trick, den nur die erfahrensten Briefträger beherrschen. Du nimmst ein Bügeleisen, schaltest es ein und erhitzt es nur auf kleinster Stufe. Dann legst du ein Tuch auf das Bügelbrett und gehst ganz vorsichtig vor. Die Umschlagklappe muss nach oben zeigen. Du fährst ein paarmal sehr schnell mit dem Bügeleisen darüber, und danach nimmst du ein dünnes Messer und schiebst es dort hinein, wo der Umschlag geklebt ist, um dann leicht daran zu ziehen. Wenn du es richtig gemacht hast, lässt der Umschlag sich nachher problemlos wieder schließen und sieht aus wie neu.«

»Wahnsinn, Don Marcelo! Und hat die Señora etwas gemerkt?«

»Aber nein!«

»Und was haben Sie geschrieben?«

»Nichts Besonderes. Ein paar Zeilen, in denen der Junge seiner Mutter mitteilt, dass er sie vermisst.«*

---

* *Liebe Mama,*
diesmal schreibe ich Dir nicht, um Dich um Geld zu bitten, sondern um mich zu entschuldigen. Dafür, dass ich, ohne dass es mir bewusst war, zu etwas Schrecklichem geworden bin, wie es schlimmer kaum möglich ist: einem schlechten Sohn. Ich möchte, dass Du weißt, dass Du immer in meinem Herzen sein wirst, dass ich mich an jeden Kuss erinnere, den ich Dir als Kind gegeben habe, dass ich nie vergessen werde, wie Du Dich, wenn ich krank war, zu mir gelegt und mich umsorgt hast, wenn ich nicht schlafen konnte und Fieber hatte. Ich vermisse Dein Gesicht, Deine Haut, Deinen Blick, Deine Fürsorge. Alles ist anders gekommen, als ich es mir gewünscht habe, und meine Kindheit, die von der Zukunft, die ich nun erlebe, nichts erahnen ließ, liegt lange zurück. Aber Du sollst wissen, dass Du mir auch in der Ferne, in zu weiter Ferne, so nah bist wie damals in der Zeit, nach der ich mich so sehr zurücksehne.
In Liebe
Dein Sohn

»Und hat sie es geglaubt?«

»Ja, ich habe noch nie jemanden so glücklich gesehen. Sie hat geweint vor Glück. Ein paar Tage später ist die arme Frau dann gestorben, aber wenigstens in dem Bewusstsein, dass sie einen liebevollen Sohn hat.«

»Das ist wunderbar, Don Marcelo!«

An dem Tag, an dem Marcos zum ersten Mal die Postuniform anzog, war er dem guten Marcelo in Gedanken ganz nah, und er erinnerte sich auch sofort wieder an ihn, als er eines Tages einem kranken alten Mann, der allein lebte und seit Jahren nichts von seiner Tochter gehört hatte, einen Brief zustellen sollte. Dieser enthielt die Nachricht, dass die Tochter Probleme mit Drogen gehabt hatte und daran gestorben war, doch dank Marcos lebte der alte Mann in der Überzeugung weiter, dass sie in den USA in einem Anwaltsbüro arbeitete und davon träumte, ihren Vater eines Tages wiederzusehen.

Das, was zunächst die Ausnahme sein sollte, wurde für den Postboten nach und nach zu einer bedrohlichen Gewohnheit, denn es ist ein gefährliches Spiel, in das Leben anderer Menschen einzugreifen, um es zu verändern. Marcelo kam schon bald mit der Arbeit nicht mehr nach, und in seiner Wohnung stapelten sich die Briefe, die er lesen und um die er sich kümmern musste.

Madrid, nur zwei Etagen über Dir

Liebste Ana,
ich verstehe nicht, warum Du sagst, dass ich Deine Briefe nicht beantworte, und weshalb Du mir nicht wenigstens eine Erklärung gibst. Ich weiß, dass Du meine Briefe liest, da ich jedes Mal abwarte, dass Simón auch sicher das Haus verlassen hat, wenn ich sie in den Briefkasten werfe. Und am Nachmittag, bevor er nach Hause kommt, gehe ich hinunter und stecke die Hand in Deinen Briefkasten, um mich zu vergewissern, dass Du den Brief schon herausgenommen hast, um so zu verhindern, dass ihm einer meiner Briefe in die Hände fällt. Vielleicht willst Du meine Briefe nicht lesen, vielleicht verbrennst Du sie gleich, aber ich bestehe darauf, dass Du mir zumindest sagst, warum wir unser Leben in Zukunft ohne den anderen führen sollen.

Ich möchte Dich weiterhin jeden Morgen sehen, Dich spüren, möchte, dass meine Tür sich öffnet und Du zu mir in mein Bett kommst. Außerdem möchte ich, dass wir all das tun können, ohne uns verstecken zu müssen. Wir könnten zusammen fliehen oder es Simón einfach erzählen, schließlich sind wir erwachsene Menschen, und es ist nicht das erste Mal, dass so etwas in der Welt geschieht. Ich kann mir einfach nicht vorstellen weiterzuleben, ohne Dich in meiner Nähe zu haben, ganz nah, ohne zwei Etagen voneinander getrennt zu sein. Ich kann nicht leben, ohne täglich Deine Haut zu spüren und Deinen Duft zu riechen. Bitte antworte mir, sag mir etwas!

Héctor.

In Simóns Wohnung ging das Licht an. In der Wohnung im fünften Stock links, kein Zweifel, inzwischen kannte ich jeden Winkel des Hauses. In der Küche schimmerte ein bläuliches fluoreszierendes Licht, und an der Wand des Lichtschachtes wurde ein Schatten sichtbar. Das musste er sein. Ich rekapitulierte, ob ich alles im ursprünglichen Zustand hinterlassen hatte. Die Zeitungen, den Sessel. Dann beschloss ich, in meine Wohnung zurückzukehren. Auf Zehenspitzen ging ich die Treppe hinauf, und als ich im fünften Stock ankam, hielt ich inne. Ich legte mein Ohr an seine Wohnungstür und versuchte herauszuhören, was der Verursacher meiner schlaflosen Nächte tat. Doch das Einzige, was zu vernehmen war, waren Schritte von jemandem, der, wie ich annahm, zwischen Wohnzimmer und Küche hin- und herging. Plötzlich hielten die Schritte direkt auf der anderen Seite der Wohnungstür inne. In der Diele wurde das Licht eingeschaltet, und das kaum hörbare metallische Geräusch, mit dem die Abdeckung des Spions zur Seite geschoben wurde, drang an mein Ohr. Beinah konnte ich seinen Blick spüren. Wenn ich mich nur ein paar Zentimeter bewegt hätte, wenn ich etwas lauter geatmet hätte als gewöhnlich, hätte husten müssen oder mein Handy vibriert hätte, jedes kleinste Geräusch hätte mich verraten, und es wäre äußerst schwierig gewesen zu erklären, was ich in einer Augustnacht um zwei Uhr morgens dort zu suchen hatte.

Das Licht wurde nicht wieder ausgeschaltet, und ich konnte das Auge auf der anderen Seite der Tür weiterhin spüren. Es war, als wüsste ich, dass jemand dort war, der sich nicht traute, die Tür zu öffnen. Das, was in diesem Moment geschah, war genau das Gegenteil von dem, was in den Horrorfilmen passierte, die Mariona und ich uns manchmal anschauten – wenn wir den Helden zuriefen, dass sie bloß nicht weitergehen, sondern stehen bleiben sollten, dass sie so klug sein sollten zu warten, worauf die Helden natürlich nicht hörten und sich in das Abenteuer stürzten, das nicht gut ausging. In diesem Film jedoch nahm sich derjenige, der hinter der Tür stand, die Warnung zu Herzen, er guckte und guckte, entschied sich jedoch, die Tür nicht zu öffnen. Ob er etwas gehört hatte? Ich beschloss, mich noch kleiner zu machen, noch tiefer zu ducken, denn je näher ich dem Boden war, desto weiter weg war ich von seinem Sichtfeld, von jenem Bullauge, das das Erblickte verzerrte. Gott sei Dank war in dieser Tür im fünften Stock der alte Spion durch einen neuen, viel kleineren ausgetauscht worden, denn als wir in unsere Wohnung eingezogen waren, war unsere Tür noch mit einem durch eine kleine Klappe verschlossenen Sichtfenster ausgestattet, das einen umfassenden Ausblick bot. Ein solches Sichtfenster hätte mich nun eindeutig in einen Erklärungsnotstand gebracht. Daran dachte ich in der knappen Minute, die es dauerte, bis das Licht wieder ausging und ich merkte, dass der andere von dem Spion zurücktrat. Warum hatte ich nicht daran gedacht, dass Simón in seine Wohnung gehen könnte, als ich ihn im Prado gesehen hatte? Was für ein Fehler! Genau solche kleinen Nachlässigkeiten waren es, die alles kaputt machen konnten.

An jedem 14. August nahm Simón sein Abendessen in seiner alten Wohnung in der Calle de Alcalá ein. An keinem anderen Tag im Jahr ging er dorthin, doch an diesem Datum versäumte er es niemals, an diesem Ort ihren Jahrestag zu feiern. Er deckte den Tisch für zwei, zündete eine Kerze an, öffnete eine Flasche Wein und verbrachte den Abend in der absoluten Einsamkeit, nur in ihrer imaginären Gesellschaft. Er stellte sich vor, dass sie gemeinsam alt geworden wären, erzählte ihr, was sie eigentlich gemeinsam hätten erleben sollen, überlegte, wie Ana wohl aussehen würde, träumte von dem Kind, das sie niemals hatten, prostete ihr zu, ohne mit ihr anzustoßen. Ihre Abwesenheit war an diesem Tag, an dem sie sich einst kennengelernt hatten, immer besonders deutlich zu spüren. Die Erinnerung an jedes Wort, jede Geste, jedes Lächeln tat weh. Er betrachtete noch einmal die Fotos, die sie gemeinsam aufgestellt hatten, und verfluchte das Schicksal, das ihm seine Frau entrissen hatte. Am nächsten Morgen stand er früh auf, machte sich einen Kaffee, während er die Nachrichten hörte, und ließ an den Fenstern wieder die Rollläden herunter. Dann warf er einen letzten Blick auf die wenigen Quadratmeter voller Erinnerungen und verabschiedete sich bis zum nächsten Jahr, bevor er die Tür der Wohnung abschloss, in der er einmal so glücklich gewesen war.

Ich war so müde, dass ich mich fragte, ob ich überhaupt in der Lage sein würde zu arbeiten. Ich hasste es, früh aufzustehen. Während ich mich rasierte, hörte ich, wie die Radionachrichten durch den Lichtschacht schallten. Ich beugte mich zum Fenster hinaus. Offenbar war es Simón, der das Radio angestellt hatte. Er war also noch da.

Ich verließ die Wohnung und hoffte inständig, dass der Aufzug nicht im fünften Stock halten würde. Es war völlig absurd, aber aus irgendeinem Grund hatte ich das Gefühl, dass Simón in der Nacht gewusst hatte, wer sich auf der anderen Seite seiner Tür befand. Außerdem hätte er mich nach unserem »zufälligen« Zusammentreffen im Prado leicht wiedererkennen können.

Ich kam ohne Zwischenfälle im Erdgeschoss an, und gerade als ich das Haus verlassen wollte, ließ mich ein freundliches »Hola« zusammenfahren.

»Ah, Hola, Noelia, Guten Tag. Wie geht's?«

»Sehr gut, wenn ich auch noch ziemlich müde bin. In den letzten Nächten habe ich nicht gut geschlafen.«

»So etwas ist wirklich blöd, das kann einem den ganzen Tag kaputt machen.«

»Allerdings. Aber mit genügend Kaffee werde ich den Tag schon überstehen.«

»Kaffee ist immer gut. Na, ich werde jetzt auch mal zur Arbeit gehen.« Ich versuchte möglichst beiläufig zu klingen. »Übrigens habe ich heute Morgen ein Radio gehört, wir sind also nicht mehr so ganz allein.«

»Ach, natürlich, das ist Don Simón, denn gestern war ja der 14. August. Das ist sein Hochzeitstag.«

»Ist er denn verheiratet?« Ich stellte mich dumm.

»Er ist Witwer, mein Lieber, Witwer. Ach, das ist eine so traurige Geschichte, es zerreißt mir das Herz, wenn ich nur daran denke. Dabei waren die beiden so glücklich.«

»Wer?«

»Simon hat mir einmal erzählt, wie sie sich kennengelernt haben, und seine Augen strahlten jedes Mal, wenn er ihren Namen nannte. Es ist wohl in einem Museum gewesen, vor einem Bild, das sie sich beide angesehen haben. Dort sind sie sich zum ersten Mal begegnet. Er hat sie dann auf einen Kaffee eingeladen, glaub ich, und sie wurden unzertrennlich. Ich kann mich noch genau an den Tag erinnern, an dem sie kamen, um sich die Wohnung anzusehen. Sie hatten einen Termin mit Señor Aranda vereinbart, um die Wohnungen im fünften und im sechsten Stock zu besichtigen, denn damals stand eure Wohnung auch gerade zum Verkauf. Hand in Hand kamen sie herein. Sie war sehr zierlich; vielleicht war sie nicht die schönste Frau der Welt, aber sie hatte etwas ganz Besonderes. Es war ihr Gang, sie bewegte sich auf ganz spezielle Art, so leicht und anmutig, es schien, als würde sie schweben. Ein großer roter Hut mit einer breiten Krempe bedeckte einen Teil ihres Gesichts, und sie sah aus wie eine Schauspielerin. Sie hatte schulterlanges Haar und einen Pony, der sie jünger wirken ließ, und sie trug ein langes rosafarbenes Kleid. Sie trug immer Kleider, und sie lächelte immer. Wenn ich an die erste Zeit denke, in der sie hier gewohnt hat, kann ich mich an keinen Moment erinnern, an dem sie nicht lächelte.«

Ich wollte Noelia nicht unterbrechen, aber sie hatte etwas erwähnt, was ich unbedingt genauer wissen musste.

»Warum hast du gesagt: ›in der ersten Zeit‹?«

Die erzählerischen Fähigkeiten der Concierge waren beeindruckend. Ich hatte immer den Eindruck, dass sie die Realität mit einer großzügigen Dosis Fiktion würzte, was die Wirklichkeit jedoch möglicherweise erst erträglich machte. Niemand berichtet wirklich objektiv von der Wirklichkeit; wir beschönigen die Tatsachen oder erfinden etwas hinzu, um das, was wir erleben, interessanter zu machen. Das Leben ist Literatur, und wir alle sind in gewisser Weise Autoren. Wenn wir beispielsweise aus dem Urlaub zurückkommen und jemand uns fragt, wie es gewesen ist, schmücken wir die guten Momente ein wenig aus. Beinah niemand sagt, dass die Ferien schlecht waren oder mäßig oder einfach nur gut. Wir sind erfinderisch, lassen uns etwas einfallen, bis sich in unserer Erinnerung das Erlebte und das Erfundene so miteinander vermischen, dass wir es nach einer Weile selbst nicht mehr genau auseinanderhalten, und in der Erinnerung stellt sich manches anders da, als es wirklich war. Daran denke ich jedes Mal, wenn ich mir die Facebook-Seiten anderer Leute ansehe. Der größte Teil dieser Seiten ist voller Fotos von besonderen Momenten, als ob alle Menschen ihr Leben ausschließlich in Konzerten, beim Essen oder auf Reisen verbrächten. Die Leute wählen das beste Foto, den besten Moment, und wenn sie sich in einigen Jahren dieses virtuelle Album noch einmal ansehen, werden sie denken, wie wunderbar alles war. In gewisser Weise ist der Mensch der Schöpfer seiner eigenen Geschichte. Deswegen sind wir alle Schriftsteller, und wie mir schien, war Noelia eine besonders gute Autorin.

Sie ignorierte meine Frage und setzte ihre Erzählung fort.

»Wenn der Aufzug hier unten hielt, habe ich oft durch das Gitter gesehen, wie sie sich küssten. ›Aus der Wohnung im fünften Stock links kommen Küsse nach unten‹, habe ich immer gesagt. Sie traten Hand in Hand aus dem Aufzug, und im Eingang küssten sie sich noch einmal, bevor jeder von ihnen seiner Wege ging: sie nach rechts zur Calle Goya, er nach links in Richtung Parque de la Fuente del Berro. Simón ist oder war, denn ich nehme an, dass er inzwischen nicht mehr arbeitet, Journalist wie du. Ich habe fast immer seine Kulturberichte gelesen, denn wenn morgens früh der Zeitungsbote kam, ließ er mich schnell einen Blick hineinwerfen. Simón schrieb gut. Ihm wurde die Neigung zum Journalismus sozusagen in die Wiege gelegt, denn sein Vater liebte das Radio und betrieb in seinem Dorf den lokalen Radiosender. Irgendwann hat Simón mir mal eine unglaubliche Geschichte erzählt, die mit dem Radio zu tun hatte, aber daran erinnere ich mich nicht mehr so genau. Es hing irgendwie mit seiner Geburt zusammen, bei der viele Leute geholfen haben, weil seine Mutter mit dem Flugzeug ins Krankenhaus gebracht werden musste. Beinah wäre es abgestürzt und es musste direkt vor der Tür des Krankenhauses landen.«

Der Blick der Concierge schien in die Vergangenheit zu schauen.

»Jedenfalls war es so, dass Ana mir eines Tages irgendwie traurig vorkam.«

›Ana, meine Liebe, was ist los?‹

›Ach, Noelia, man hat mir gekündigt. Na ja, sie haben mir gesagt, dass sie umstrukturieren müssen, und dieser Umstrukturierung bin ich wohl zum Opfer gefallen.‹

›Mach dir keine Sorgen. Sicher werden sie dich bald anrufen, um dich wieder einzustellen, du wirst schon sehen. Und bis dahin kommt ihr mit Simóns Gehalt doch auch über die Runden.‹

›Klar, das ist nicht das Problem. Vielleicht müssen wir uns ein wenig einschränken, aber so viel brauchen wir ja gar nicht. Viel schlimmer ist die Langeweile, wenn ich den ganzen Tag hier allein bin und darauf warte, dass er zurückkommt.‹

›Meine Liebe, wenn das das einzige Problem ist … Du wirst schon eine Möglichkeit finden, dir die Zeit zu vertreiben. Habt ihr denn noch nie daran gedacht, Kinder zu bekommen? Du weißt schon, einen kleinen Simón oder eine kleine Ana?‹

Ana musste lachen.

›Doch natürlich. Wir möchten gern Kinder haben, aber bisher hat es noch nicht geklappt.‹

›Das passiert immer, wenn man am wenigsten damit rechnet.‹

Ich weiß nicht, ob dieser Tag der Anfang vom Ende war, aber von da an hatte sie sich verändert. Sie war auf einmal irgendwie befangen, weniger … Wie soll ich es sagen? Weniger strahlend. Ihr Leuchten war erloschen, so könnte man es wohl beschreiben. Na, wie auch immer. Ich gebe nicht viel auf Klatschgeschichten, weißt du?«

Ich dachte über ihre Worte nach. Sie hatte wohl recht: Simón musste immer sehr früh aus dem Haus und kam oft erst spät wieder. Auf die Art und Weise muss es schwer gewesen sein, das Feuer der Liebe zu erhalten. Ach, das Feuer der Liebe! Wer kennt schon das Geheimnis, es immer wieder aufs Neue zu entzünden?

Noelia hatte eine sehr romanhafte Art, Dinge zu erzählen, die mir gut gefiel. Ein Drittel davon hätte von einem begabten Schriftsteller stammen können, ein Drittel von einem ganz normalen Menschen und ein Drittel aus einer Liebesschmonzette. Die perfekte Kombination für jemanden, der nicht wusste, was er schreiben sollte.

»Tatsache ist, dass es mir in der Seele weh tat, am Morgen nicht mehr zusehen zu können, wie sie sich küssten und an der Tür voneinander verabschiedeten«, fuhr Noelia fort. »Auch Simón wirkte trauriger, irgendwie niedergeschlagen und geistesabwesend. Ich nahm an, dass es nur eine Phase sein würde, vielleicht weil sie noch keine Kinder hatten. Ich glaube, sie sehnten sich wirklich sehr danach, Eltern zu werden. Doch genau weiß ich es natürlich nicht.« Sie seufzte tief.

»Aber mit diesem Ende hat doch niemand gerechnet! Darauf konnte wirklich niemand kommen, so jung und so hübsch, wie sie war, schließlich hatte sie das ganze Leben doch noch vor sich! Der Morgen, an dem es passierte, war einer der schrecklichsten meines Lebens. Der Aufprall, das knallende Geräusch, dem diese unheimliche Stille folgte – das werde ich nie vergessen. Es war noch sehr früh, acht Uhr vielleicht. Ich war gerade im Wohnzimmer und habe gebügelt, und plötzlich blieb die Welt stehen. Du kennst das doch sicher, dass du etwas hörst und gleich spürst, dass etwas Schlimmes passiert ist. Ich lief in den Innenhof, und da lag sie. Und dann ist etwas Seltsames passiert: Irgendwie war ich gar nicht überrascht, dass sie es war. Sie trug ein Nachthemd und einen seidenen Morgenmantel.«

Auf einmal fühlte ich mich richtig schlecht. Körperlich. Ich stellte mir die Szene vor, den Morgen, die Kälte. Ich weiß nicht, warum ich dachte, dass es kalt gewesen war an jenem Tag. Vielleicht weil viele Jahre zuvor in dem Wohnhaus in meiner Heimatstadt etwas Ähnliches passiert ist. Ein Knall und dann Entsetzen. Unsere Nachbarin hatte sich im Morgenmantel aus dem Fenster in den Hof gestürzt. Zum Glück ging unsere Wohnung zur Straße raus. Und jener Morgen war ein kühler Morgen gewesen. Ich erinnere mich, dass ich damals viel über die möglichen Gründe nachgedacht hatte. Von da an sah ich die Familie der Frau mit anderen Augen. Ich bin nie wieder weiter die Treppe hochgegangen als bis zum achten Stock, in dem wir wohnten.

Diesen Morgen hatte ich nie vergessen: die Sirene des Krankenwagens, das Tuscheln der Hausbewohner, das Gesicht ihres Mannes, die Polizei, den Richter. Und die Kälte, die ich noch nach Jahren mit diesem dramatischen Ereignis verband. Wie verzweifelt musste jemand sein, um eine solche Entscheidung zu treffen! Wie schlecht musste einen das Leben behandeln, dass man es einfach so wegwarf! Was ging einem wohl in dem Moment durch den Kopf, wenn es kein Zurück mehr gab? Ob man es bereute in jenen Sekunden zwischen dem Fall und dem Aufprall – vom Schlafzimmer, der Küche oder dem Wohnzimmer aus, wo man einmal glücklich war, bis zum Pflaster des Innenhofs, wo alles vorbei ist. Es gibt eine kurze Erzählung von Gabriel García Márquez, die mich jedes Mal wieder bewegt, wenn ich an sie denke. Sie wird aus der Sicht eines Mannes erzählt, der sich aus dem zehnten Stock auf die Straße stürzt. Während er fällt, beobachtet er wie in Zeitlupe das Privatleben seiner Nachbarn. Tragödien, Momente der Liebe und des Glücks, die niemals bis ins Treppenhaus gelangen. Und als er den Boden erreicht, ist er zu dem Schluss gekommen, dass es sich zu leben lohnt.

Was Ana wohl an jenem so lange zurückliegenden Morgen gesehen hatte? Vielleicht war ihr Blick auch in die ein oder andere Wohnung unseres Hauses gefallen, oder auf Doña Margarita, wenn sie an jenem Tag am Fenster stand, vielleicht roch es nach frisch aufgebrühtem Kaffee, oder sie hörte den Refrain von *Ojos verdes*, wenn Amalia das Lied damals schon gesungen hatte.

Noelia räusperte sich, bevor sie fortfuhr:

»Als ich nach oben schaute, sah ich Doña Margarita, die irgendetwas vor sich hin stammelte. Dann holte ich ein großes Laken, deckte Ana damit zu und rief die Polizei.«

»Na, wenigstens sind solche Fälle schnell abgeschlossen.«

»Das habe ich auch gedacht. Doch als die Polizei in Anas Wohnung gegangen ist, stellte sich heraus, dass dort alle Fenster, die auf den Innenhof hinausgehen, geschlossen waren. Also hatte sie sich entweder nicht von ihrer Wohnung aus nach unten gestürzt oder jemand hat danach das Fenster geschlossen.«

Noelia wusste nicht, was ich wusste, oder zumindest nicht mit der gleichen Sicherheit. Doch schien sie einen Verdacht zu haben, sonst hätte sie nicht gesagt, dass sie die Klatschgeschichten von damals nicht mochte. Diese Klatschgeschichten drehten sich garantiert um Héctor, denn aus den Briefen, die ich gelesen hatte, konnte man schließen, dass Anas Affäre mit dem Argentinier ungefähr zu der Zeit begonnen haben musste, als sie ihre Arbeitsstelle verlor.

Marcos wählte die Briefe, die er behielt, immer nach dem Zufallsprinzip aus. Wenn er vor den Briefkästen stand, schob er erst einmal einige Umschläge hinein und achtete darauf, dass Noelia nicht in der Nähe war. Als er eines Morgens bemerkte, dass in dem Briefkasten der Wohnung im fünften Stock links bereits ein Brief lag, wunderte er sich. Wie konnte das sein? Schließlich war er der einzige Briefträger hier! Er steckte die Hand in den Kasten, und es gelang ihm, den Umschlag herauszuziehen. Darauf standen nur zwei Worte: *Für Ana.*

Liebe Ana,
ich kann so nicht mehr weiterleben, ich brauche mehr als eine Stunde am Tag mit Dir, ich möchte, dass Du bei mir bleibst, nachdem wir uns geliebt haben, möchte mit Dir leben, ohne dass wir uns verstecken müssen, auch außerhalb der Grenzen, die Dein oder mein Schlafzimmer für uns markieren. Eigentlich weiß ich nicht, warum ich Dir das alles schreibe, wenn ich am Ende doch immer das tue, was Du sagst. Ich verstehe ja Deine Ängste und das, was Du für Simón empfindest, doch wir tragen nicht die Schuld an dem, was geschehen ist. Das zwischen uns sind heftige Gefühle, die der Vernunft widersprechen und sich rational nicht erklären lassen. Wir müssen es ihm sagen, oder Du musst es ihm sagen, wegen dem, was einmal zwischen Euch war, aus Respekt vor ihm und für uns.

Bitte denk darüber nach.

In der Zwischenzeit werde ich mich weiterhin damit begnügen, Dich am Morgen zur Zeit des Frühstückskaffees zu

sehen, meine Augen schließen und davon träumen, dass diese Minuten für den Rest unseres Lebens andauern.
Ich liebe Dich
Héctor

Marcos dachte an Don Marcelo und überlegte, wie dieser wohl gehandelt hätte. Hätte er den Brief seinen Weg gehen lassen, oder hätte er im Interesse Don Simóns eingegriffen? Marcos hatte Simón schon immer gemocht, schon seit sie sich zum ersten Mal im Treppenhaus begegnet waren, und Simón hatte ihm einmal erzählt, dass sein Vater, um seine Mutter glücklich zu machen, ihr jeden Tag geschrieben hatte: Liebesbriefe, die ihr den Alltag angenehmer gestalten sollten. Er hatte ihm von Anselmo erzählt, dem Briefträger in seinem Heimatdorf, dem besten Briefträger der Welt, und er hatte betont, was für ein schöner Beruf der des Briefträgers doch sei, weil dieser dazu beitragen würde, die Entfernung zwischen zwei Menschen zu überbrücken.

Marcos war hin und her gerissen. Einerseits drängte es ihn, dem ahnungslosen Símon die Wahrheit zu sagen, andererseits erschien es ihm zu grausam oder zu schwierig zu erklären. Und so entschied er sich für eine andere Alternative. Es gab zwei Möglichkeiten: Entweder er steckte den Brief erneut in den Kasten, und zwar kurz bevor Simón am Abend nach Hause kam, um so die ganze Sache auffliegen zu lassen, oder er nahm es selbst in die Hand, die Beziehung zwischen Héctor und Ana, die sicher nur aus einer Laune heraus entstanden war, zu beenden. Am Ende beschloss er, selbst ein Antwortschreiben zu verfassen, es in einen Umschlag zu stecken, zu frankieren und es ganz normal, wie jeden anderen Brief, mit der Post zu verschicken und zu verteilen.

Es war nicht leicht, Anas Schrift nachzumachen, denn auch wenn sie im Allgemeinen sehr sauber und schnörkellos schrieb, hatte sie die Neigung, die Großbuchstaben über das normale Maß hinaus zu verzieren, eine grafologische Eigenart, die darauf schließen ließ, dass Ana ein kreativer, einfallsreicher, lebendiger Mensch war. Marcos musste einige Versuche vernichten, obwohl die Briefe bereits fertig geschrieben waren und auf den ersten Blick einwandfrei schienen. Doch dann entdeckte er wieder Unstimmigkeiten, die dem Empfänger sicherlich aufgefallen wären. Wütend strich er die Briefe durch und begann von vorn.

Am Ende gelang es ihm, Anas Schreibstil perfekt zu imitieren, nachdem er unzählige Male die Rundungen, Bögen und Endungen geübt hatte. So war zum Beispiel die Rundung des »d« – oder der Bauch, wie er gern sagte – nicht wirklich geschlossen, und das Gleiche galt für das »b« und das »p«. Das führte dazu, dass die Bögen und die Endungen dieser drei Buchstaben leicht verdreht waren. Wie in der ersten Schulklasse begann Marcos erneut, »d«, »b« und »p« und die anderen Buchstaben zu üben, bis sie Anas Schrift täuschend ähnlich waren. Nachdem er die Rundungen und die

Großbuchstaben beherrschte, war der Rest dann nicht mehr schwer.

Lieber Héctor,
dieser Brief hat einen langen Weg hinter sich, wenn man bedenkt, dass ich ihn einfach selbst in Deinen Briefkasten hätte werfen können, doch ich fürchte bei jedem Geräusch und jeder Geste, dass sie mich verraten könnten oder dass Noelia genau in dem Moment aus ihrer Wohnung kommt. Ich habe sogar einen anderen Namen als Absender angegeben, um keine Spuren zu hinterlassen. Ich schreibe Dir, weil mir der Mut fehlt, Dir das, was ich zu sagen habe, persönlich mitzuteilen, weil Du mich vielleicht davon abbringen und mich überzeugen würdest, meine Meinung zu ändern. Aber ich kann so nicht weitermachen, ich möchte nicht, dass mein Leben hin und her gerissen ist zwischen zwei Männern, das ist uns allen dreien gegenüber unfair. Simón hat es nicht verdient, was wir ihm antun, es würde ihn umbringen, wenn er von uns erführe. Wir dürfen uns nicht mehr sehen, Héctor! Ich weiß, dass es am Anfang unerträglich für mich sein wird, Dir auf der Treppe zu begegnen oder in den Aufzug zu steigen und Deinen Duft zu riechen. Das Schlimmste wird sein, Dich nicht mehr zu erwarten, doch wir müssen diese Tür schließen, die wir niemals hätten öffnen dürfen. Du brauchst auf diesen Brief nicht zu antworten, wie Du auch meine vorherigen Briefe nicht beantwortet hast, aber bitte lass mich gehen, damit ich Dich nach und nach vergessen kann.
In großer Liebe, die nie wieder sein darf,
Ana

In der Cocktailbar, in der Héctor arbeitete, lief es für ihn seit einiger Zeit richtig schlecht. Die Trinkgelder wurden immer spärlicher, und die Gäste blieben aus oder tranken nicht mehr mit so viel Überschwang. Bald verdiente er nur noch die Hälfte von dem, was er vorher hatte, und es wurde zunehmend schwierig, die Wohnung zu finanzieren. Außerdem ließ er sich, weil er nicht mehr genügend zu tun hatte, immer öfter von Gästen zu einem Glücksspiel überreden und verlor dabei noch zusätzlich Geld. Nach einer Weile ging es ihm so schlecht, dass er Ana bat, ein paar ihrer Armbänder, eine Uhr und einen Ring zu verpfänden. Die Armbänder und die Uhr waren das Einzige, was ihre Mutter Felicidad ihr vererbt hatte. Und Ana erinnerte sich noch genau daran, wie sie, als sie als kleines Mädchen noch davon geträumt hatte, Trapezkünstlerin zu werden, einmal eines der Armbänder angezogen hatte. Ein Zirkusmädchen mit einem kostbaren Armband. Wie weit weg das alles war, wie verschwommen die Erinnerung an die Kindheit und an Miss Mara! Doch am schwersten trennte sie sich von dem Ring, den Simón ihr geschenkt hatte. Héctor musste ihr versprechen, ihn, sobald es ihm möglich war, wieder auszulösen. Ana machte sich keine Sorgen, dass Simón das Fehlen des Ringes bemerken könnte: Solche Dinge fielen ihm nie auf! Was ihr zu schaffen machte, waren ihre Gewissensbisse. In Anas Augen war es ein Verrat, diesen Ring zu verpfänden, den Simón ihr in jenem Jahr geschenkt hatte, als sie sich vor dem Lunardi-Gemälde kennengelernt hatten. Er war aus rötlichem Gold mit zwei Brillanten, die einen wunderschönen Rubin flankierten, und ihr wertvollstes Schmuckstück, nicht nur, was den materiellen Wert anging. Wenn sie ihn nun Héctor überließ, war es, als übergäbe sie ihm ihre Seele, ein Stück ihrer Vergangenheit, ihres Lebens. Diesen Ring herzugeben war, wie ihre Liebe zu Simón herzugeben. Doch Héctor zerstreute ihre Bedenken.

»Liebling, bevor du es richtig merkst, hast du ihn schon wieder. Das mit der Arbeit ist nur eine Phase. Die Trinkgelder sind zurückgegangen, aber sie werden ganz schnell auch wieder steigen. In einem Monat hast du deinen Ring wieder. Ich hole ihn zurück.«

»Héctor, du verlangst wirklich viel von mir. Dieser Ring gehört nicht allein mir, er gehört zu einem Leben, das nicht das unsere ist. Schwör mir, dass du ihn in spätestens einem Monat wieder auslöst.«

»Ich schwöre es. Und ich liebe dich.«

Im selben Moment wusste Ana, dass diese Entscheidung das Ende ihrer Affäre mit Héctor bedeutete, ihrer Liebe, dieses leidenschaftlichen Wahnsinns – oder wie immer man das, was sie in den letzten Monaten gefühlt hatte, nennen wollte. Vielleicht würde sie Héctor für den Rest ihres Lebens begehren, doch genau in dem Augenblick, als sie ihm den Ring übergab, hörte sie auf, ihn zu lieben, wenn sie es denn überhaupt jemals getan hatte. In dieser Sekunde begriff sie, dass sie Simón mehr liebte als jeden anderen Menschen auf der Welt.

Inspector Garrido, der in dem Fall die Ermittlungen leitete, nahm zu Beginn keinen der Hausbewohner von dem Verdacht aus. Keiner von ihnen hatte ein wirklich gutes Alibi. Simón erklärte, dass er in der Redaktion gewesen sei, diese dann jedoch verlassen habe, um in der Biblioteca Nacional eine Geschichte zu überprüfen. Héctor sagte, dass er sich gerade hingelegt hatte. Amalia behauptete, außer dem Knall nichts gehört zu haben. Noelia erzählte, dass sie oben im siebten Stock Margarita am Fenster gesehen habe. Margarita zu befragen war jedoch vergebliche Liebesmüh, da sie nur unzusammenhängende Worte von sich gab und zwischen den Zeiten hin und her sprang, wobei die Gegenwart kaum eine Rolle spielte.

»So hübsch.«

»Blut.«

»Turrón.«

»Honorio.«

»Lächeln, Lächeln.«

»So hübsch.«

»Canasta.«

»Die Arme.«

»Die Arme.«

»Die Arme.«

So viel sie auch fragten, weiter kamen sie nicht. Honorio, Margaritas Mann, verblieb mit dem Inspector schließlich so, dass er seine Frau noch einmal fragen würde, wenn diese sich wieder etwas beruhigt hätte. Denn hin und wieder gab Margarita im unerwartetsten Moment plötzlich Sätze von sich, die durchaus einen Sinn ergaben.

Garrido weigerte sich, den Fall abzuschließen. Er war davon überzeugt, dass der Tod der jungen Frau kein Selbstmord gewesen war. Die geschlossenen Fenster in Anas Wohnung wiesen darauf hin, dass entweder jemand sie gestoßen hatte oder dass sie von einer anderen Wohnung aus in die Tiefe gestürzt war. Doch niemand konnte irgendetwas aussagen, was ihm weiterhalf. So war der Bericht, den er am Ende schrieb, voller Ungeklärtheiten und Fragezeichen.

Madrid, 20. September 1983

Um 8:18 Uhr am Morgen ging der Anruf einer Concierge aus einem Haus in der Calle de Alcalá auf dem Polizeirevier ein, in dem diese vermeldete, dass eine Frau von oben in den Innenhof desselben Gebäudes gestürzt sei. Die Concierge namens Noelia López klang atemlos und war nur schlecht zu verstehen. Inspector Torres und ich erreichten den Unfallort gegen zwanzig vor neun. Dort fanden wir den auf dem Boden liegenden leblosen Körper einer Frau von etwa fünfunddreißig Jahren vor, den Noelia López mit einem Laken bedeckt hatte, um das entstellte Gesicht der Toten vor den Blicken anderer zu schützen. Auf unsere Frage nach der Identität der Toten teilte die Concierge uns mit, dass es sich ohne jeden Zweifel um Ana Gómez Serná handele. Ihren Worten nach hatte sie sie sofort erkannt.

Die Tote war mit einem beigefarbenen Nachthemd mit Spitzenborte bekleidet sowie mit einem seidenen Morgenmantel. Bevor die Concierge das verletzte Gesicht und den Körper der

Leiche bedeckte, hatte sie die Frau nicht nur an der Haarfarbe erkannt, sondern auch an einer Narbe am rechten Knöchel, die, laut Aussage der Zeugin, von einer Verletzung stammt, die die Verstorbene sich als Kind beim Zirkusspiel zuzog.

In der Wohnung der Toten waren alle Fenster geschlossen, und es gab keine Anzeichen von Gewaltanwendung. Das Bett war ungemacht, auf dem Nachttisch stand ein Glas Wasser, und der auf Viertel vor neun eingestellte Wecker klingelte unaufhörlich.

Als Nächstes versuchte ich den Ehemann der Verstorbenen, Don Simón Hurtado, zu erreichen, der als Journalist bei der Tageszeitung Ahora *arbeitet. Dieser traf jedoch erst um einiges später am Ort des Geschehens ein, da er sich aus Recherchegründen nicht in der Redaktion befand und erst nach einer Weile ausfindig gemacht und informiert werden konnte. Anschließend befragte ich nacheinander sämtliche anwesende Hausbewohner. Dabei handelte es sich um Doña Margarita Durán und Don Honorio Jurado, die die Wohnung im siebten Stock rechts bewohnen, Don Héctor Puerto aus dem siebten Stock links, Doña Amalia Cortés und ihre Tochter Señorita Cristina Lavega Cortés aus dem vierten Stock rechts, Don Marcos Escuín aus dem dritten Stock links und Don Manuel Aranda aus dem sechsten Stock links.*

»Don Simón Hurtado?«

»Ja, am Apparat. Mit wem spreche ich?«

»Ich bin Inspector Garrido. Es tut mir furchtbar leid, aber ich habe eine schlimme Nachricht. Sie sind doch der Ehemann von Doña Ana Gómez Serná?«

»Ja. Was ist passiert? Geht es ihr nicht gut?«

»Leider muss ich Ihnen mitteilen, dass Ihre Frau tödlich verunglückt ist. Wir würden Sie bitten, nach Hause zu kommen und die Leiche zu identifizieren.«

»Was? Das kann nicht sein! Das muss sich um einen Irrtum handeln! Über solche Dinge macht man keine Witze, Sie Mistkerl!«

»Bitte beruhigen Sie sich, Señor Hurtado. Ich schicke Ihnen einen Wagen, der Sie abholen und nach Hause bringen wird.«

»Aber wovon reden Sie? Das ist unmöglich! Ich bin erst vor ein paar Stunden aus dem Haus gegangen, da schlief sie noch ...«

»Lassen Sie uns später darüber reden, Señor. Das Beste ist, wenn Sie jetzt so schnell wie möglich nach Hause kommen. Der Wagen wird in ein paar Minuten an der Tür der Biblioteca Nacional auf Sie warten.«

Simón legte den Hörer des Telefons in der Nationalbibliothek auf, wo er sich gerade befand. Seine Augen füllten sich mit Tränen, und er war so bleich geworden, als gehörte er nicht mehr zu dieser Welt. Die Bibliothekssekretärin sah ihn mitleidig an.

Schon immer hatte Simón unerwartete Anrufe gehasst, Anrufe, mit denen man nicht gerechnet hatte.

Denn immer brachten sie schlechte Nachrichten. Wenn mitten in der Nacht das Telefon klingelte, wenn über einen Lautsprecher sein Name ausgerufen wurde oder wenn, wie in diesem Fall, jemand zu ihm kam und sagte: »Ein Anruf für Sie«, dann war sofort klar, dass etwas Furchtbares passiert sein musste. Viele Jahre zuvor, in Nimel, hatte ein Anruf in den frühen Morgenstunden einmal die ganze Familie aus dem Schlaf gerissen, durch den sie erfuhren, dass sein Onkel bei einem Verkehrsunfall auf der Stelle gestorben war. Niemals zuvor hatte er seinen Vater derart nervös, traurig und aus dem Gleichgewicht gebracht erlebt. Am Boden zerstört war er ziellos auf und ab gegangen, ohne zu wissen, was er tun sollte. Als in jener Nacht das Telefon geklingelt hatte, hatten alle geahnt, dass es nur schlechte Nachrichten sein konnten, die sie erwarteten.

Und nun, als Eugenia, die Bibliothekssekretärin, ihm die Hand auf die Schulter gelegt und ihn gebeten hatte, sie zu begleiten, da jemand vom Kommissariat für ihn am Telefon sei, war es ihm ähnlich ergangen. Simón hatte sofort diesen Stich gespürt, der ihn zu jener Nacht in Nimel zurückkatapultierte, die er als eine der schwärzesten seines Lebens in Erinnerung hatte.

Die Fahrt von der Bibliothek nach Hause war kurz: die Calle Goya hinauf und an der Kreuzung bog man schon in die Calle de Alcalá ab. Den Blick hilflos aus dem Fenster gerichtet, erinnerte Simón sich bei jedem Meter, den sie zurücklegten, daran, wie er mit Ana dort entlanggegangen war. Er dachte an jeden Kaffee, den er in den Cafés mit ihr getrunken hatte, an die Zigaretten, die er wartend vor der Tür eines Ladens geraucht hatte, während sie Schuhe anprobierte. Es waren gerade mal zwanzig Minuten vergangen, und sein Gehirn produzierte unermüdlich all diese Erinnerungen, als ob es wüsste, dass sich diese Momente niemals mehr wiederholen würden. Er dachte bereits in der Vergangenheit an Ana, obwohl es erst wenige Stunden her war, dass er sie schlafend im Bett zurückgelassen hatte. Er bereute, dass er sich nicht noch einmal zu ihr hinuntergebeugt hatte, um ihr einen Kuss zu geben.

Draußen schien die Sonne, doch es war nicht besonders heiß. Der Sommer neigte sich dem Ende zu, die Straßen waren voller Menschen, die sich in seinen Augen wie aufgezogene Puppen sinnlos hin und her bewegten. Der September war vorbei und sein Leben, wie es bisher gewesen war, auch. Es tat ihm in der Seele weh, dass sie sich in den letzten Monaten immer weiter voneinander entfernt hatten, es war, als wäre da eine unsichtbare Mauer zwischen ihnen gewesen. Simón hatte es gespürt, aber er hatte geschwiegen.

»Señor, wir sind da.«

»Bitte?«

»Bei Ihnen zu Hause. Señor, mein herzliches Beileid.«

Ein Krankenwagen, ein Leichenwagen, ein Polizeiwagen und die vielen neugierigen Nachbarn machten es fast unmöglich, das Haus zu betreten. Simón strich mit der Hand über die andalusischen Kacheln am Eingang, die, wie man ihnen bei der ersten Hausbesichtigung erklärt hatte, wegen ihrer Besonderheit unter Denkmalschutz standen. Trotz der vielen Menschen nahm er die angenehme Kühle wahr, die ihn immer umfing, wenn er ins Haus kam, eine Art Mikroklima von perfekter Temperatur. Ana und er hatten oft über die Möglichkeit gescherzt, in heißen Sommernächten im Eingangsbereich des Hauses zu übernachten.

»Señor Hurtado, ich bin Inspector Garrido. Wir haben eben miteinander telefoniert.«

Simón brachte kein Wort heraus, mechanisch bewegte er sich vorwärts und hatte das seltsame Gefühl, über sich selbst zu schweben. Es war, als betrachtete er die Szene von außerhalb. Wie ein Mann, der er zwar war, aber nicht sein konnte. Dieser Mann, dem man nun zeigen würde, dass sein Leben einen Schlag erlitten hatte, von dem er sich nie wieder erholen würde, war nicht er, dieser arme Kerl war ein anderer. So etwas durfte nicht passieren, konnte nicht sein!

Garrido begleitete Simón in den Innenhof. Auf dem Weg dorthin fiel sein Blick auf Noelias verweinte Augen.

»Señor Hurtado, ich möchte Sie in diesem schweren Moment nicht noch zusätzlich belästigen, ich verstehe Ihren Schmerz. Nur eine Frage: Um wie viel Uhr stehen Sie morgens auf?«

»Um Viertel nach sieben. Warum?«

»Ich nehme an, Sie stellen einen Wecker.«

»Ja, natürlich.«

»Hat der Wecker heute Morgen auch um diese Zeit geklingelt? Haben Sie in Ihrer Wohnung übernachtet?«

»Was ist das denn für eine Frage? Selbstverständlich habe ich in meiner Wohnung übernachtet!«

»Entschuldigen Sie, ich wollte Ihnen nicht zu nahe treten.«

Garridos Bericht enthielt einige Aussagen, die verhinderten, dass der Fall endgültig abgeschlossen wurde. Seine Fragen zu dem Wecker, der immer noch klingelte, als sie in die Wohnung kamen, ließen den Verdacht aufkommen, dass Simón in dieser Nacht nicht in dem Zimmer geschlafen hatte, da der Wecker auf eine andere Uhrzeit eingestellt war als Viertel nach sieben. Eine andere Möglichkeit war natürlich, dass die Verstorbene den Wecker neu gestellt hatte, nachdem ihr Mann das Haus verlassen hatte. Doch das Seltsamste waren die geschlossenen Fenster. Dafür konnte es nach der Ansicht Garridos nur zwei Erklärungen geben. Die erste war, dass jemand Ana Gómez Serná aus dem Fenster gestoßen und es danach geschlossen hatte. Doch warum sollte der Täter das Fenster schließen und sich damit selbst belasten, wenn es wie ein Selbstmord aussehen sollte? Die zweite Erklärung war, dass Ana nicht von ihrer Wohnung aus in den Hof gestürzt war. In dem Bericht war vermerkt, dass in den Wohnungen im vierten Stock rechts, im sechsten links, im siebten links und im siebten rechts die Fenster geöffnet waren. Ein Sturz von weiter unten war auszuschließen. Natürlich war es nicht ungewöhnlich, dass die Fenster offen standen, denn es war September und immer noch warm. Außerdem hatte vielleicht der ein oder andere Nachbar ein Fenster geöffnet, um nachzusehen, was den Knall verursacht hatte, der zu hören gewesen war, als der Körper auf dem Boden aufprallte. Dies war zum Beispiel bei Doña Amalia der Fall, die wenige Sekunden danach aus dem Fenster geschaut hatte. Und auch Honorio hatte, nachdem er mitbekommen hatte, wie Margarita aufgeschreckt war, nach unten gesehen. Im siebten Stock links war zu dieser Zeit niemand gewesen. Héctor Puerto war erst nach neun Uhr morgens nach Hause gekommen.

Zusammengefasst bedeutete all dies jedoch, dass Garrido nicht mehr hatte als einen Wecker, der offenbar niemanden geweckt hatte, ein paar verschlossene Fenster und eine demente alte Frau, die alles gesehen hatte, jedoch kein vernünftiges Wort artikulieren konnte.

In jenen durchwachten Nächten, in denen ich von Wohnung zu Wohnung ging und mich fragte, was ich in der Wohnung im fünften Stock links wohl übersehen hatte, begann ich, alle Unterlagen zu fotografieren, die ich fand. Belege, Quittungen und Rechnungen. Darunter waren auch einige Belege einer Reinigung in der Calle Mártires Concepcionistas – die es immer noch gab – über ein paar Mäntel, ein Kleid und einen Herrenanzug. Ich machte auch ein Foto von der Quittung eines Pfandhauses, die ich bis dahin nicht weiter beachtet hatte. Sie stammte aus einem Pfandhaus in der Innenstadt, vielleicht konnte ich anhand der Quittung noch irgendetwas herausfinden. Außerdem sammelte ich nach wie vor die kurzen Gedenkartikel, die Simón jedes Jahr zu Anas Todestag in der Zeitung veröffentlicht hatte. Die Fotos speicherte ich in einem virtuellen Ordner mit dem Namen »Simóns Briefe«. Von all den Texten gefiel mir der zu Anas zehntem Todestag am besten. Das war zu einer Zeit, als bereits eine ganze Dekade seit ihrer gewaltsamen Trennung vergangen war, ein viel zu großes Stück verlorenen gemeinsamen Lebens. Ich rechnete nach und stellte fest, dass in jenem Jahr 2013 die Zeit, die Simón und Ana zusammen verbracht hatten, bereits kürzer war als die Zeit danach. Diese Trennlinie, die die gelebte Zeit und die Zeit der Trauer voneinander schied, erschreckte mich. So erging es mir jedes Mal, wenn ich las oder hörte, wie jemand sagte »Jetzt bin ich älter, als mein Vater je geworden ist«, was bedeutete, länger auf der Welt zu sein, als der Vater es bei seinem

Tod gewesen war, der niemals mehr älter als sein Sohn sein würde. Tote Zeit. Die Zeit sollte nicht tot sein, die Zeit läuft und ist lebendig.

Liebe Ana,
heute schreibe ich Dir, ohne wirklich zu wissen, was ich schreiben soll. Ich habe stets gedacht, dass die Wunde, wenn einmal zehn Jahre vergangen sind, geschlossen wäre. Zumal es kaum möglich ist, in der Medizin eine Verletzung zu finden, die so lange braucht, um zu verheilen. Dabei geht es mir gar nicht darum, vollkommen gesund zu werden, ich möchte nur wieder atmen können. Immer noch sehe ich dich an jedem Ort, in jedem Winkel, suche ich dich mit meinen Blicken. Ich vermisse dich so sehr, dass ich schier daran verzweifele. Es tut unendlich weh. Es gelingt mir nicht, das Verb »vergessen« zu konjugieren. Ich vergesse, du vergisst, er/sie/es vergisst. Zehn Jahre sind eine lange Zeit, aber offenbar eine zu kurze Zeit, um Dich zu vergessen.
Für immer Dein
Simón

Wann ist genügend Zeit vergangen? Wie viele Jahre müssen verstreichen?, fragte ich mich, nachdem ich diese Zeilen gelesen hatte. Wie lange musste man trauern? Gibt es eine Regel, die die Dauer des Vermissens festlegt? Normalerweise wird die Erinnerung mit der Zeit blasser, ist weiter entfernt, lässt uns in bestimmten Momenten wehmütig werden, erlaubt uns jedoch weiterzuleben. Simón aber schien die Trauer nach zehn Jahren immer noch wie am ersten Tag den Atem zu nehmen.

In jenen Tagen hatte ich zwei Artikel gelesen, die mich sofort an Simón denken ließen. In dem ersten stand, dass die Dauer einer Erinnerung sich daran bemisst, wie neu und ungewöhnlich sie für uns ist und welche Gefühle sie in uns weckt. Das heißt, handelt es sich um eine unwichtige Tatsache, vergessen wir das Erlebte möglicherweise bald wieder; deshalb fallen uns oft gewisse Namen nicht mehr ein – zumindest geht es mir so. Wenn ich einer Gruppe Leute vorgestellt werde, bin ich nicht in der Lage, mir ihre Namen zu merken. Wenn in dieser Gruppe jedoch jemand ist, der meine Aufmerksamkeit erregt, behalte ich dessen Namen, weil das Gefühl der erregten Aufmerksamkeit neuer und beeindruckender ist. Forscher sagen, dass der Botenstoff, der im menschlichen Körper dafür sorgt, ob eine Erinnerung dauerhaft ist, das Dopamin ist. Dabei gibt es wenige Ereignisse, die eine heftigere Wirkung hinterlassen als der Tod eines geliebten Menschen: Das Dopamin ist dafür verantwortlich, dass der Schmerz auch nach Jahren noch zu spüren ist. Ich war mir sicher, dass ich bestimmte Momente, die ich in jenem Sommer erlebt hatte, eine ganze Weile im Kopf behalten würde. Vielleicht würden sie sich ab und an verstecken, doch sie würden in unerwarteten Augenblicken erneut auftauchen. Der Tod meines Vaters zum Beispiel. Ich war voller Dopamin, und Reste davon würden über Jahre fortbestehen, vor allem, wenn ich in das Gesicht meines Kindes sehen und mir bewusst werden würde, dass mein Vater dieses Kind niemals würde anschauen können.

Der andere Artikel handelte von einem gleichwohl erschreckenden, aber auch wunderbaren Experiment. Es war an Ratten vorgenommen worden, und die Schlagzeilen besagten, dass es einer Gruppe Wissenschaftler der Universität von San Diego gelungen war, bei den Nagetieren gewisse Erinnerungen zu löschen. Sie hatten ihnen eingeimpft, vor irgendeiner Sache Angst zu haben, und nach einer Weile hatten sie erfolgreich dafür gesorgt, dass die Tiere diese Angst wieder vergaßen. Sofort musste ich an Simón denken und daran, ob er sich darauf einlassen würde, dass man bei ihm die Erinnerung löschte, den Schmerz, den er beim Gedanken an Ana empfand. Genauso fragte ich mich, ob ich meine Erinnerung an das, was ich in jenen Tagen erlebt hatte, löschen lassen würde. Ich bin mir ziemlich sicher, dass nur wenige Menschen bereit wären, irgendwelche Erlebnisse aus ihrem Kopf entfernen zu lassen, obwohl sie ihnen Schmerzen bereiteten. Natürlich ist diese Aussage eine gefühlsmäßige, denn möglicherweise gibt es Situationen, zum Beispiel bei Opfern von Verbrechen, in denen dies eine gute Lösung wäre. Dennoch sind wir letztendlich das, was wir erleben, und die Lebenserfahrung setzt sich aus guten, schlechten und ganz alltäglichen Erinnerungen zusammen. Wäre es da sinnvoll, sie willkürlich zu löschen? Kann ein Mensch existieren, wenn er nur über positive Erinnerungen verfügt? Wenn er zurückschaut und nur Glück findet? Lernt man nicht viel mehr aus den negativen Erfahrungen? Meine schlaflosen Nächte verleiteten mich zu übermäßigen Grübeleien.

Am nächsten Morgen suchte ich, bevor ich in die Redaktion ging, nach dem Pfandhaus. Es befand sich ganz in der Nähe der Puerta del Sol. Ich muss zugeben, dass ich dachte, es gäbe gar keine Leihhäuser mehr. Und ich hatte keinen Zweifel daran, dass das, was Ana und Héctor verpfändet hatten, nicht mehr da sein würde. Denn soweit ich wusste, wurden Dinge, die nach maximal einem Jahr nicht wieder eingelöst worden waren, versteigert. Nachdem ich eingetreten war, wies ich mich als Journalist aus und erklärte, aus beruflichen Gründen gekommen zu sein.

»Guten Tag. Ich arbeite gerade an einer Reportage über Pfandhäuser, also, besser gesagt, über alte Pfandhausquittungen, die immer mal wieder in den Häusern auftauchen. Ich würde gern die Geschichten einiger dieser Gegenstände und der Menschen, denen sie gehört haben, rekonstruieren.«

»Ich fürchte, da kann ich Ihnen nicht weiterhelfen. Dafür müssten Sie mit dem Pressesprecher der Bank reden, zu der dieses Unternehmen gehört.«

»Könnten Sie den Kontakt herstellen oder mir seine Telefonnummer geben?«

»Einen Moment, ich frage mal nach.« Der Angestellte griff zu einem Telefon, das neben ihm lag. »Ángel, hier ist ein Journalist, der für eine Reportage bestimmte Informationen braucht. In Ordnung, ich gebe es weiter.«

Er wandte sich wieder an mich und sagte: »Bitte rufen Sie ihn unter dieser Nummer an, und er wird Ihnen gern Auskunft geben.«

Ich telefonierte gleich von meinem Handy aus. Nachdem ich mich vorgestellt hatte, erklärte ich ihm mein Anliegen.

»Ich arbeite gerade an einer Art anthropologischer Reportage, in der es darum geht, die Geschichte bestimmter Menschen anhand der Gegenstände zu erforschen, die sie versetzt haben, und frage mich, ob es wohl möglich ist, einige davon ausfindig zu machen und sie ihren früheren Besitzern zu zeigen. Zum Beispiel habe ich die Quittung eines Rings, der in Ihrem Haus verpfändet wurde, und würde gern wissen, ob Sie mir vielleicht weiterhelfen könnten.«

»Im Prinzip gern. Solange die Persönlichkeitsrechte gewahrt bleiben. Wenn es sich um einen Fall von vor vielen Jahren handelt, macht das die Sache leichter. Wenn Sie mir die eingescannte Quittung schicken, schaue ich mal, was ich herausfinden kann. Inzwischen haben sich die Bedingungen geändert: Man kann nun ein Objekt für drei Jahre verpfänden, wenn man jedes Jahr die Frist verlängert. Vorher war das nur für ein Jahr möglich, soweit ich mich erinnere. Na schön, sehen wir mal, was sich machen lässt.«

»Wunderbar. Vielen Dank!«

Marcos war in einer Zwickmühle. Wenn er der Polizei erzählen würde, dass Ana und Héctor eine Affäre gehabt hatten, würden alle erfahren, dass er seine Nachbarn ausspionierte und ihre Post manipulierte. Mit Anas Tod hatte er schließlich nichts zu tun, und ihre Affäre mit dem Argentinier musste dabei ja auch nicht zwangsläufig eine Rolle gespielt haben. Oder doch? Es war durchaus vorstellbar, dass Ana beschlossen hatte, sich das Leben zu nehmen, weil sie sich zwischen den beiden Männern nicht entscheiden und den Gedanken nicht ertragen konnte, Simón wehzutun. Und es war nicht von der Hand zu weisen, dass er durch den Brief, den er einige Tage zuvor geschrieben und laut dem Ana die Beziehung mit Héctor beendet hatte, an der Sache beteiligt war. Möglicherweise stand der Brief ja in direktem Zusammenhang mit dem tragischen Ereignis. Wenn all das ans Licht käme, brächte ihn das vielleicht in ernsthafte Schwierigkeiten. Es würde ihn mit Sicherheit seinen Arbeitsplatz kosten, und wer wusste, was noch geschehen würde. Als der Inspector ihn befragt hatte, hatte er also gesagt, dass er die Tote kaum gekannt habe, abgesehen von den üblichen Begegnungen im Aufzug oder im Treppenhaus, wobei sie jedes Mal gelächelt habe.

»Das heißt, Ihnen ist in letzter Zeit kein Anzeichen von Traurigkeit oder Depression bei der Verstorbenen aufgefallen oder sonst irgendein verändertes Verhalten, wenn Sie sich im Aufzug begegnet sind?«

Marcos biss sich auf die Lippen. Er hätte gern zumindest einen Hinweis darauf gegeben, dass irgendetwas nicht stimmte, damit der Inspector seine Ermittlungen in einer anderen Richtung fortsetzen konnte, einen kleinen Brotkrumen ausgeworfen, um eine Spur zu legen. Da die Möglichkeit ausgeschlossen war, die Briefe als Beweis zu verwenden, dachte er sich etwas anderes aus.

»Nichts Besonderes, Inspector. Ich erinnere mich nur daran, dass sie vor etwa einer Woche etwas nervös wirkte. Außer uns beiden war zufällig noch der Nachbar aus dem siebten Stock links mit im Aufzug. Ich weiß nicht, warum, aber an dem Tag hat sie nicht gegrüßt und ist, nachdem der Aufzug unten angekommen und die Tür geöffnet war, eilig verschwunden, ohne sich zu verabschieden. Wahrscheinlich war sie mit irgendeinem Problem beschäftigt, wem geht das heutzutage nicht manchmal so.«

»Ich verstehe. Der Nachbar aus dem siebten Stock links ist Héctor Puerto, richtig? Mit ihm habe ich noch nicht gesprochen. Ich werde ihn fragen, ob er sich an irgendetwas erinnert oder ob ihm ein verändertes Verhalten bei ihr aufgefallen ist. Sie tragen hier im Haus die Post aus, stimmt's? Wahrscheinlich achten Sie nicht auf solche Dinge, aber ist Ihnen vielleicht irgendeine ungewöhnliche Zustellung für die Wohnung im fünften Stock links in die Hände gefallen?«

»Inspector, ich trage jeden Tag so viele Briefe aus, dass ich einzelnen Zustellungen keine Beachtung schenken kann. Dazu bräuchte es schon übernatürliche Fähigkeiten, denken Sie nicht?«

»Doch, sicher. Aber falls Ihnen noch irgendetwas einfallen sollte, melden Sie sich bitte bei mir.«

»Um wie viel Uhr sind Sie an besagtem Morgen nach Hause gekommen?«, fragte der Inspector Héctor.

»Wie immer erst nach acht, nachdem die Arbeit in der Cocktailbar erledigt war. Die genaue Uhrzeit kann ich Ihnen nicht sagen. Doch ich war nicht besonders müde, und als ich vor dem Aufzug stand, habe ich mir überlegt, in einem Café in der Nähe erst noch zu frühstücken.«

»Sie arbeiten die ganze Nacht über? Das ist sicher hart.«

»Na ja, das wirklich Anstrengende ist nicht die Arbeit, sondern die Menschen zu ertragen, die die Nächte in Bars verbringen. Aber man gewöhnt sich daran.«

»Ich verstehe. Welche Beziehung hatten Sie zu der Verstobenen?«

Héctor erstarrte. Eine derart direkte Frage hatte er nicht erwartet, oder zumindest nicht so formuliert. Als er das Wort »Beziehung« hörte, dachte er für einen Moment, dass der Inspector alles wisse.

»Die übliche nachbarschaftliche Beziehung: Guten Tag, Auf Wiedersehen, schönes Wetter heute. Das, was man so sagt, wenn man sich im Aufzug begegnet und nicht weiß, worüber man reden soll.«

»Ich verstehe. Ist Ihnen in letzter Zeit vielleicht ein verändertes Verhalten bei Ihrer Nachbarin aufgefallen? Jedes Detail könnte uns nützlich sein.«

»Nein, nichts. Wegen meiner Arbeitszeiten sind wir uns auch nicht gerade oft begegnet.«

»Gut. Wenn Ihnen noch etwas einfällt, was uns weiterhelfen könnte, bitte setzen Sie sich gleich mit mir in Verbindung.«

»Inspector, warum stellen Sie all diese Fragen und machen sich so viel Mühe, wenn es sich doch um einen Selbstmord handelt?«

»Wir dürfen keine Möglichkeit ausschließen und nichts außer Acht lassen.«

»Glauben Sie denn, dass sie ermordet worden sein könnte?«

»Das habe ich nicht gesagt. Ich möchte nur über alle Einzelheiten informiert sein, bevor ich den Fall abschließe.«

»Gut. Dann wünsche ich Ihnen gutes Gelingen.«

Die Tage vergingen langsam in jenem Sommer 2013, den es angeblich gar nicht geben sollte. Ein Doppelleben zu führen ist sehr anstrengend. Ich telefonierte kaum mit Mariona, meine Nächte verbrachte ich in anderen Wohnungen, und tagsüber versuchte ich meine Arbeitszeit mit Reportagen über das ein oder andere Sommerthema zu füllen. Dabei war mir voll und ganz bewusst, dass mir nicht mehr viel Zeit für meine abenteuerlichen Nachforschungen blieb, auch wenn ich gar nicht so genau wusste, warum ich das eigentlich machte.

Während der morgendlichen Zigarettenpause am Bécquer-Denkmal im Park betrachtete ich noch einmal die Fotos, die ich in jeder Wohnung gemacht hatte. Ich sah nichts darauf, was meine Aufmerksamkeit erregte, da ich jeden Winkel dieser fremden Wohnungen inzwischen in- und auswendig kannte.

Dabei stellte ich mir immer wieder die gleichen Fragen, ohne eine Antwort darauf zu haben: Wie war Ana gestorben? Warum waren die Fenster in ihrer Wohnung geschlossen? War sie an jenem Morgen bei Héctor gewesen? Hatte der Argentinier etwas mit ihrem Tod zu tun? Hatte Margarita etwas gesehen? Hatte sie über Jahre, ohne es zu wissen, ein Geheimnis bewahrt? Wie war es möglich, dass Simón nichts von Anas Untreue geahnt hatte? Zumindest ließen die Liebesbeweise, die er jedes Jahr in der Zeitung veröffentlichte, darauf schließen. Doch die wichtigste Frage betraf mich selbst: Warum war mir das alles so verdammt wichtig? Meine wachsende Besessenheit von diesen Ereignissen, die doch vor so langer Zeit geschehen waren, war mir völlig unverständlich.

Das Summen meines Handys, das anzeigte, dass ich eine neue Nachricht erhalten hatte, riss mich aus meinen Gedanken. Ein blaues Leuchtzeichen wies darauf hin, dass eine Mail eingegangen war. Sie stammte von Ángel Zapata, dem Pressesprecher der Bank, zu der das Pfandhaus gehörte.

Sie haben Glück: In unserem Büro werden die Quittungen sämtlicher Transaktionen fünfzig Jahre lang aufbewahrt. Sie können sich nicht vorstellen, was man dort alles findet. Ich denke, hier können Sie leicht genügend Material für Ihre Reportage zusammenkriegen. Aber kommen wir zu dem Fall, nach dem Sie gefragt haben. Den Ring, um den es geht, hat ein gewisser Héctor Puerto versetzt. Er hat dafür zwanzigtausend Pesetas bekommen. Jener Héctor wohnt oder wohnte in der Calle de Alcalá. Die Quittung, die Sie mir geschickt haben, wurde ausgestellt, als der Ring wieder ausgelöst wurde, der, wie der Sachverständige bei der Schätzung in seinem Bericht angab, aus Gold und mit zwei kleinen Brillanten und einem Rubin besetzt war. Weiterhin ist vermerkt, dass das Schmuckstück von jenem Héctor Puerto und einer gewissen Ana Serná (genau so, mit Akzent auf dem »a«) versetzt wurde. Wenn Sie sich die kaum noch lesbare Quittung ansehen, die Sie mir geschickt haben, kann man den Namen ansatzweise darauf erkennen. Sie war auch diejenige, die den Ring nach kurzer Zeit wieder auslöste. Vielleicht hilft Ihnen das bei der Reportage, an der Sie arbeiten, weiter. Das Armband, das ebenfalls von den beiden versetzt wurde, kam kurz darauf zur Versteigerung, wurde jedoch von niemandem gekauft. Ich nehme an, dass es sich noch im Lager befindet, wie so viele andere herrenlose Objekte. Bitte melden Sie sich, wenn Sie noch mehr wissen möchten, denn, wie Sie sich vorstellen können, haben die Leihhäuser in den Zeiten der Krise wieder an Bedeutung gewonnen. Und bitte hüten Sie sich vor dem Klischee, dass nur Leute aus niedrigen sozialen Schichten Dinge verpfänden. Das war früher vielleicht einmal so, aber heute sieht das ganz anders aus. Sie wären sicher überrascht.

Ich schloss Zapatas Mail und suchte in meinem Handy nach dem Foto, das ich von der Leihhausquittung gemacht hatte. Tatsächlich: Als ich das Bild vergrößerte, ließ sich Anas Name darauf erkennen. Im Halbdunkel der Wohnung war mir dieses Detail wohl entgangen.

Inspector Garrido war ziemlich skeptisch, als er das Wort zum ersten Mal hörte. Für ihn klang es nach Seelenklempnerei, nach den typischen Besserwissern, die meinten, mit ein paar Fragen hier und da einen Fall lösen zu können. Letztendlich machte er selbst ja nichts anderes: fragen, fragen und nochmals fragen. Seine Kollegin Inspectora Tamargo war gerade aus den USA zurückgekehrt, nachdem sie sich dort ein Jahr lang mit dem, was man »psychologische Autopsie« nannte, beschäftigt hatte. Hierbei handelte es sich um eine retrospektive Analyse der Suizidforschung. Nun war sie ihm zur Unterstützung zugeteilt worden. Kurz erklärte die Inspectora ihrem Kollegen, was sie mit dieser Methode zu erreichen hoffte.

»Es geht darum, das Leben der Verstorbenen zu rekonstruieren. Ja, ich weiß, dass du nichts anderes tust. Allerdings versuche ich, noch etwas weiter zu gehen, Puzzleteile zu finden, um zu ergründen, was in dem Moment des Sturzes in ihrem Kopf vorging. In den USA gibt es viele provozierte Selbstmordfälle und auch solche, die sich als Unfall oder sogar Mord herausstellen.«

»Klar, wobei man dafür nicht erst in die USA reisen muss. Ich weiß selbst, dass hier etwas nicht stimmt. Die Fenster in ihrer Wohnung waren geschlossen, also kann sie sich von dort aus nicht hinuntergestürzt haben«, entgegnete Garrido ein wenig aufsässig.

»Genau. Also gilt es zu ermitteln, ob sie sich von einer anderen Wohnung aus in die Tiefe gestürzt hat, ob jemand sie dazu verleitet hat, sich hinauszustürzen, oder ob es sich um einen Mordfall handelt.«

»Und du meinst, das lässt sich mit Hilfe der Psychologie feststellen?«

»Das habe ich nicht gesagt. Wir müssen der Sache nachgehen, Briefe oder sonstige Unterlagen beschaffen, die möglicherweise dann doch nicht weiter wichtig sind. Du hast schon mit dem Postboten geredet, oder?«

»Ja, natürlich.«

»Und hast du ihn nach der Post gefragt, die Ana erhalten hat?«

»Ich muss in meinen Aufzeichnungen nachsehen, aber ich kann mich nicht erinnern, dass er etwas Ungewöhnliches erwähnt hätte.«

»Wenn du erlaubst, werde ich noch einmal mit ihm sprechen.«

»Mach, was du willst.«

»Und mit dieser Margarita möchte ich mich auch gern unterhalten.«

»Ich sehe, du hast meinen Bericht bereits gelesen.«

»Ich hatte ein wenig Zeit.«

»Du hättest mich fragen sollen. Doña Margarita ist ein hoffnungsloser Fall, sie ist nicht mehr richtig im Kopf. Vielleicht hat sie auch gar nichts gesehen.«

»Es kann nicht schaden, wenn ich ihr noch ein paar Fragen stelle. Und sieh dir mal die kurze Zusammenfassung der Methode an, mit der ich mich in den USA befasst habe. Du wirst sehen, es ist nichts Komisches dabei.«

»Ja, ja, schon gut.«

An jenem Abend studierte Garrido, bevor er die einsame Lampe auf seinem einsamen Nachttisch ausschaltete, die sein einsames Bett in seinem einsamen Schlafzimmer beleuchtete, Tamargos Aufzeichnungen.

Die »psychologische Autopsie« wird als eine Methode der retrospektiven Erforschung der Persönlichkeit und der Lebensumstände eines Menschen definiert, mit dem Ziel, die Umstände seines Todes zu klären. Dies erfolgt über Befragungen von Dritten, die den Verstorbenen zu Lebzeiten privat oder beruflich gut kannten, und das Studium von Unterlagen, die mit seinem Tod in Verbindung stehen.

Der Mann, der den Begriff der »psychologischen Autopsie« verwendet, ist Adam Weissman. Seine Theorien lassen sich in sechs Punkten zusammenfassen, die bei der Aufklärung eines Falles helfen können:

1. *Nebensächliche Ereignisse genau untersuchen.*
2. *Auf Vorzeichen und Präzipitanten achten.*
3. *Mit den Personen sprechen, die zu dem Opfer eine enge private oder berufliche Verbindung hatten.*
4. *Schlüsselentscheidungen, Diagnostik und Behandlung.*
5. *Soziale Bedingungen.*
6. *Retrospektive Auswertung der Lebensumstände des Opfers.*

Verdammt!, sagte sich Garrido. Und dafür ist sie ein Jahr lang im Ausland gewesen? Was glauben diese Amerikaner eigentlich? Dass ich wichtige Personen im Umfeld des Opfers nicht beachtet habe oder dass ich irgendeine Veränderung des Verhaltens oder der Lebensumstände des Opfers übersehen habe? Oh Mann, die Bearbeitung dieses Falls wird noch die Hölle werden!

Als ich am Morgen hinaus auf den Treppenabsatz trat, hörte ich, wie im siebten Stock eine Tür ins Schloss fiel: die des Schauspielers. Auch er war also zurück. Ich hielt inne, ohne mich zu rühren, und wartete darauf, dass er den Knopf drückte und der Aufzug vorbeifahren würde, um auf seinem Stockwerk zu halten. Als dies geschehen war, betätigte auch ich den Rufknopf, um eine Begegnung zu provozieren.

»Guten Morgen, wie geht's?«

Wenn mein schlechtes Namensgedächtnis mich nicht täuschte, hieß der Schauspieler, wie Mariona und ich ihn immer nannten, in Wirklichkeit Juan. Aber genau wusste ich es nicht. Daher nickte ich freundlich und sagte:

»Hola. Gut. Und wie geht es Ihnen? Sind die Ferien schon zu Ende?«

»Ja, leider. Der Alltag hat mich wieder, kein Urlaub mehr bis Weihnachten. Und bei Ihnen? Sind Sie auch wieder zurück?«

»Na ja, Mariona hat noch ein paar Tage frei. Der Arzt hat ihr viel Ruhe empfohlen, und sie ist noch mit ihren Eltern am Meer. Und ich … Nun ja, sagen wir, bei mir war im Sommer einiges los. Hören Sie, ich hätte da eine Frage: Ein Freund von mir möchte gern hier ins Viertel ziehen und hat sich bei mir erkundigt, wie hoch die Mieten hier in der Gegend sind. Was zahlen denn Sie für Ihre Dachgeschosswohnung?«

»Da fragen Sie den Falschen. Ich zahle keine Miete, die Wohnung gehört einem Onkel von mir.«

»Ach, richtig! Ich glaube, das haben Sie mir schon mal erzählt. Was für ein Glück, mitten im Zentrum von Madrid eine solche Wohnung zu haben! Und der Onkel? Lebt er noch?«

Meine Fragerei wirkte vielleicht verdächtig, aber das riskierte ich, um in der Sache voranzukommen.

»Ehrlich gesagt, weiß ich das gar nicht. Aber ich gehe mal davon aus, dass er noch lebt, sonst hätte meine Mutter mir das sicher erzählt. Ich kenne ihn gar nicht persönlich, wissen Sie, er ist kein direkter Onkel von mir, sondern nur um ein paar Ecken mit uns verwandt. Eigentlich kommt er aus Argentinien. Ein Teil meiner Familie lebt dort. Mütterlicherseits. Ein Urgroßvater oder ein Ururgroßvater von mir ist damals nach Argentinien ausgewandert. Jedenfalls habe ich von meinem Onkel schon seit Jahren nichts mehr gehört.«

»Tja, so ist das mit der Verwandtschaft, stimmt's? Irgendwer entscheidet sich, ins Ausland zu gehen, und bestimmt damit das Leben seiner Nachkommen. Denn wenn dieser Urgroßvater von Ihnen nicht nach Südamerika ausgewandert wäre, hätten Sie vielleicht die Wohnung gar nicht.«

»Ja, ein Glück für mich, dass mein Onkel diese Wohnung nicht verkauft hat! Ansonsten könnte ich es mir wahrscheinlich nicht leisten, in Madrid zu leben. Als Schauspieler hat man es nicht leicht heutzutage.«

»Na ja, Sie haben doch schon in ein paar amerikanischen Serien mitgespielt, oder?«

»Es wird immer schwieriger. Ich bin nicht mehr der Jüngste, und in den Serien sind Leute meines Alters nicht mehr gefragt.«

Die Zeit meiner Ausflüge in die nachbarschaftlichen Wohnungen schien eindeutig vorbei zu sein. Die Nachbarn kamen nach und nach aus den Ferien zurück, was jeden heimlichen Besuch in fremden Wohnungen zu einer gefährlichen Mission machte. Angesichts der Anwesenheit der Concierge, dem Auftauchen des alten Simóns in seiner Wohnung und der Rückkehr des Schauspielers beschloss ich, meine nächtlichen Erkundungen einzustellen.

Ich nahm den üblichen Weg zur Arbeit, der mich wie immer durch den Park führte. Dort rauchte ich mit Jorge eine Zigarette und erzählte ihm, dass ich mit meinem Roman nicht vorankam und es auch sonst nichts Neues zu berichten gab. Anschließend setzte ich meinen Weg zum Redaktionsgebäude fort und passierte die Drehtür, um mich die nächsten acht, neun Stunden in meinem Büro zu beschäftigen.

Als ich am Schreibtisch saß, suchte ich im Archiv nach einem weiteren Artikel von Simón. Ich fand einen vom 15. Dezember 1984.

Aleixandres Rückkehr ins Paradies

SIMÓN H. DÍAZ

Madrid

Der Sohn des Lokomotivführers traf gestern in dem Bahnhof ein, an den er auf gewisse Art schon immer zurückkehren wollte. Dieser Bahnhof ist auf keiner Landkarte zu finden, in keinem Reiseführer, und an seinen Bahnsteigen steht niemand und wartet, außer dem Ich, das wir irgendwann einmal gewesen sind. Vicente Aleixandre ist tot; er erlag gestern Abend einem wenig poetischen Leiden: Er starb an einer Darmblutung im ebenso wenig poetischen Alter von sechsundachtzig Jahren – sieben Jahre nachdem er die wichtigste Auszeichnung erhalten hatte, die einem Schriftsteller zuteil werden kann, den Literaturnobelpreis. Diesen verlieh ihm die schwedische Akademie »für seine schöpferische Dichtung, die, in den Traditionen der spanischen Lyrik und in modernen literarischen Strömungen verwurzelt, die Bedingungen des Menschen im Kosmos und in der heutigen Gesellschaft beleuchtet«. Worte, die Aleixandre nicht gerecht werden, dem Meister der Dichtung, dem Überlebenden der Generation von 1927, deren Nachlass er an die Jüngeren der Generation der Fünfzigerjahre weitergab. Seine Inspirationsquellen waren die Liebe und das Leben.

Um Aleixandre zu verstehen, muss man seine Krankheit verstehen, denn vor sechzig Jahren muss es ein schweres Schicksal gewesen sein, an Tuberkulose zu leiden. Seine Liebe zur Dichtung entstand während eines erzwungenen Aufenthalts in einem Sanatorium in der Nähe von Madrid zwischen Husten-

anfällen, nächtlichem Fieber und einem Gewichtsverlust, der ihn bis auf die Knochen abmagern ließ. Und genau darin liegt der Urgrund seiner Werke – angefangen von Ámbito (Umkreis) *bis hin zu seinen* Poemas de la consumación (Gedichte der Vollendung), *in denen er vom höchst möglichen Aussichtsturm auf den Tod hinabblickt – dem Alter.*

… porque nadie quiere morir,
puedes sonreír de buena gana, y burlarte,
y mirándolo con desdén quiere
morir,
decir con voz muy baja, de modo que
todo el mundo te oiga:
«Amigo …: todo está consumado».

… weil niemand sterben will,
kannst du fröhlich lächeln und dich darüber lustig machen
und darauf hinabsehen, sterben
zu wollen,
es mit leiser Stimme sagen, sodass
jeder dich hört:
»Mein Freund …: Es ist vollendet.«

Es ist vollendet: Aleixandre ist nicht mehr, seit gestern Abend, und bevor irgendwelche indiskreten Fragen aufkommen, wird er morgen in der Almudena-Kathedrale in Madrid beerdigt, obwohl die Erde, auf der er am liebsten wandelte, die Kindheit war, die er nach eigener Aussage in Málaga verbrachte, jene Erde, die er das Paradies nannte.

»Mein Freund …: Es ist vollendet.« Alles, was Simón schrieb, schien von ihm selbst zu erzählen; zwischen den Zeilen, in all seinen Artikeln. Vielleicht lag es an meiner Besessenheit, aber irgendwie hatte alles mit seinem Leben zu tun. Übrigens war ich mir sicher, dass für Simón an jenem 20. September tatsächlich alles zu Ende ging. Seine Berichte waren in einem sehr eigenen Stil verfasst, er hatte eine ungewöhnliche Art, eine Nachricht zu beleuchten, das Licht entsprang seiner Meinung oder, besser gesagt, seinem Herzen. Und solche Journalisten habe ich schon immer gemocht.

Es war ein grauer Morgen; ein Grau, bei dem man am liebsten zu Hause blieb, ein Grau, das nichts Gutes verhieß, das jede Fröhlichkeit erstickte und die Gesichter traurig machte, ein Grau, das ungewöhnlich war am Ende des Sommers. Ein bleierner Himmel lag über dem Haus und verhinderte, dass Licht ins Gebäude fiel. Das Treppenhaus, das sich um den Aufzug wand, lag im bleichen Halbdunkel; durch die Fenster zum Innenhof hin war kaum etwas zu sehen, Fenster, die nicht gut schlossen und durch die ein kühler Luftzug hereindrang. Es war der perfekte Tag, um zu sterben und alle in einer noch tieferen Tristesse zu vereinen.

Pünktlich wie jeden Tag zog Simón die Wohnungstür hinter sich zu und rief den Aufzug. Die vierzig oder fünfzig Sekunden, die es dauerte, bis der Fahrstuhl kam, dachte er darüber nach, dass er einmal mehr das Haus verließ, ohne Ana geküsst zu haben. Er wusste nicht, wie es passiert war oder warum, doch zwischen ihnen herrschte in letzter Zeit eine seltsame Sprachlosigkeit. Ana war distanziert und ernst, so als belaste sie ein Kummer, ein Kummer, der ihr das Herz zuschnürte und der zur Folge hatte, dass sie der Frau, in die er sich einst vor dem Gemälde von den Ballonfahrern verliebt hatte, kaum noch ähnlich war. Sie lächelte nur noch selten, und in seiner Gegenwart war sie oft abwesend, sodass sie, obwohl sie im selben Raum waren, Tausende Kilometer voneinander entfernt zu sein schienen. Simón hoffte, dass Anas Verstimmung nur eine Phase war, die wieder vorübergehen würde. Er beschloss, geduldig mit ihr zu sein und zu warten, denn er war noch genauso verliebt in sie wie an jenem Tag im Prado. Sie war die Frau seines Lebens, und er war sich immer sicher gewesen, dass man einer solche Liebe nur einmal im Leben begegnete. Noch ein wenig müde nahm er den kleinen Trampelpfad, der in den Park führte und den sie beide so oft gegangen waren.

»Ana, wusstest du, dass auf Französisch Trampelpfad ›Sentier du désir‹ heißt – Wunschpfad, klingt das nicht viel romantischer?«

»Mag sein, aber es klingt auch kitschiger. Ich finde ›Trampelpfad‹ ganz in Ordnung«, entgegnete Ana, während sie den schmalen Fußweg in den Parque de Roma einschlug, der sich im Rasen gebildet hatte und wo längst kein Gras mehr wuchs.

»Na schön, einverstanden, vergessen wir die Wunschpfade!«

Jene schmalen Wege faszinierten Simón seit seiner Kindheit. Wie oft war er in Nimel mit seinem Vater die schmalen Pfade entlangspaziert und der Vater hatte Simón sogar gezeigt, wie man selbst zum Architekten eines solchen Weges wurde.

Trampelpfade sind ein Akt der Rebellion, eine Art, Vorgeschriebenes zu ignorieren, der unwiderlegbare Beweis, dass man in vielen Fällen auch anders als vorgegeben von A nach B gelangt. In den Parks, wo die Leute oft lieber über den Rasen laufen, als den von den Gartenarchitekten angelegten Wegen zu folgen, sind Trampelpfade ein häufiges Phänomen. Mit der Zeit bildet sich dann ein kleiner Weg, der schließlich von allen benutzt wird. Simón träumte davon, eines Tages nach Japan zu reisen. Denn dort wurden manche Parks ganz ohne Wege angelegt, bis nach einer Weile die Architekten an den Trampelpfaden erkennen konnten, wo die meisten Menschen entlanggingen. In Japan gab es sogar diagonal verlaufende Zebrastreifen, die auch so etwas wie Trampelpfade sind, denn eine Kreuzung überquert man am schnellsten auf diese Art.

Simón war stolz darauf, einen der Trampelpfade in Madrid erschaffen zu haben, die Abkürzung zwischen der Calle Sainz de Baranda und dem Bürgersteig, der zu der kleinen Siedlung Colonia de Fuente de Berro im gleichnamigen Viertel führte. Es war ein etwas unebener Weg, jedoch ließ sich damit zweifellos eine Menge Zeit sparen.

Ana und Simón waren schon lange nicht einen solchen Weg entlanggelaufen, hatten schon ewig keinen Ausflug mehr in die Parks der Stadt gemacht und von einer Bank aus beobachtet, wie andere Leute die vorgegebenen Wege verließen. Dabei hatten sie früher Stunden damit verbracht, auf diese Weise ihre eigenen Stadtpläne zu erstellen.

Tatsächlich hatten sie aufgehört umherzuflanieren, die Welt zu entdecken, ziellos durch die Gegend zu streifen, nur um festzustellen, dass ihr Weg nicht einfach eine Strecke war, die sie zurückzulegen hatten, sondern ein Leben voller zu erfüllender Wünsche.

Gedanken sind viel schneller als die Zeit, die vergeht. In wenigen Sekunden können wir an viel mehr denken, als wir es auszusprechen oder zu tun in der Lage sind. Das leise Klingeln des Aufzugs riss Simón aus seinen Träumen. Er seufzte vor Sehnsucht nach jenen Tagen, in denen Ana und er noch nach Abkürzungen und eigenen Wegen gesucht hatten. Als er auf die Straße trat, traf er auf Héctor, der ihm mit gesenktem Kopf entgegenkam und bei seinem Gruß zusammenfuhr und zerstreut zurückgrüßte.

Mehr Worte tauschten sie nicht aus, denn beide waren sie mit ihren Gedanken woanders und doch, ohne es zu wissen, am gleichen Ort: in der Wohnung im fünften Stock links.

Héctor hatte wieder einmal eine üble Nacht hinter sich – ungehobelte Gäste, kaum Trinkgeld –, und dazu kam noch der Kummer, Ana verloren zu haben, ihre leidenschaftlichen Begegnungen am Morgen, ihre Umarmungen, in die er sich flüchten konnte, die Liebkosung ihres Körpers. Dass er ihr nicht länger die wenigen Kleidungsstücke abstreifen konnte, in denen sie ihn immer empfangen hatte, um später mit ihr seine Geheimnisse und Sorgen zu teilen. Er war einsam, so einsam wie niemals zuvor, und so verzweifelt, als hätte sein Leben all seinen Sinn verloren, als hätte man ihm einen Teil von sich selbst entrissen. Er, der er sich für einen gleichmütigen, schwer zu beeindruckenden Menschen gehalten hatte, der bis vor Kurzem gut mit dem zurechtgekommen war, was er hatte, ohne dass das viel gewesen wäre, aber es war ausreichend. Er fragte sich, warum er nun nicht mehr der sein konnte, der er gewesen war, suchte nach Möglichkeiten, den Teil seines Lebens zwischen Anas Auftauchen und ihrem Abschied zu löschen, suchte nach Argumenten, sie aus seinem Herzen zu verbannen. Doch er fand sie nicht. Verflucht seist du, Simón, verflucht, dass es dich gibt! Das waren die Worte, mit denen er Anas Mann am liebsten gegrüßt hätte; um ihm dann in die Augen zu sehen und ihm zu sagen, dass er das einzige Hindernis war, das seinem Glück im Weg stand; um ihn aufzufordern zu verschwinden, wegzugehen, zurückzutreten.

Stattdessen sagte er:

»Ach, hallo, Simón! Ich habe dich gar nicht gesehen. Bis dann!«

Im Aufzug drückte Héctor automatisch wieder den Knopf der fünften Etage. Als ihm der Irrtum auffiel, gab er sich für einen Moment geschlagen und lehnte sich an den Spiegel, in dem er sich jeden Abend betrachtete, bevor er in die Cocktailbar ging. Und jetzt war Ana nur wenige Meter von ihm entfernt, vielleicht schon wach, und kochte sich einen Kaffee, mit halb offenem Morgenrock und vom Schlaf leicht geschwollenen Lidern. Sie war hier, er brauchte nur zu klingeln.

Die Dinge ändern sich ständig – tragisch wird es nur, wenn sich die Realitäten nur für einen von zweien ändern, während der andere an Vergangenem festhält. Dann folgen Liebeskummer, Leid, Verzweiflung.

Héctor rappelte sich auf und drückte erneut auf den Knopf für das Erdgeschoss. An der Pförtnerloge stieg er aus dem Aufzug und ging nach draußen, um an diesem trüben Morgen die kalte Luft einzuatmen.

Ana stellte sich wie an jedem Morgen in den letzten Wochen schlafend, während Simón sein morgendliches Ritual nach dem Aufstehen vollzog. Sie tat so, als hörte sie nichts, weder das Brodeln der Kaffeemaschine noch das Prasseln der Dusche, noch das Geräusch der Tür, die leise zugezogen wurde. Sie glaubte, dass die geschlossenen Augen sie vor allem bewahren könnten, auch vor der Lüge. Stattdessen reiste sie zurück in die Zeit, als sie noch glücklich waren, als es so anders gewesen war, morgens aufzuwachen, als sie aus dem Bett gesprungen war, um mit Simón zu frühstücken, ihn zur Tür gebracht hatte, ohne ihn loszulassen, und ihn mit einem Kuss, der nach Kaffee und Aufrichtigkeit schmeckte, verabschiedet hatte. All das wollte sie zurückhaben, doch die Schuld lähmte sie, fror jeden Versuch einer Annäherung ein. Es gab kein Zurück, sosehr sie sich auch danach sehnte. Vielleicht konnte man sich selbst etwas vormachen, doch das Gewissen ließ sich nicht täuschen, es quälte einen jede Sekunde, jeden Moment.

Beinah jedes Mal, wenn sie darauf lauschte, dass die Wohnungstür ins Schloss fiel und das Geräusch des herunterfahrenden Aufzugs ihre Einsamkeit verkündete, brach sie in Tränen aus. An jenem Morgen hatte sie sich entschieden, zu Héctor hinaufzugehen, um ihn zu bitten, auszuziehen und aus ihrem Leben zu verschwinden. Zwar würde auch das ihre Probleme nicht endgültig lösen, aber vielleicht das Vergessen erleichtern. Zwei Tage zuvor waren sie sich unten im Hauseingang begegnet, und die Situation war unerträglich gewesen.

Wenn Simón morgens ging, stellte Ana den Wecker auf Viertel vor neun, falls sie noch einmal einschlafen sollte. Zu dieser Zeit war Héctor bereits zu Hause. An diesem Morgen wartete sie das Klingeln des Weckers nicht ab, sondern stand, nachdem sie sich ein paarmal im Bett hin- und hergewälzt hatte, auf, zog sich das Erste über, was ihr in die Hände fiel, und ging in den siebten Stock hinauf.

Sie klingelte drei Mal. Als niemand reagierte, benutzte sie den Schlüssel, den Héctor ihr ein paar Monate zuvor überlassen hatte. Sie ging durch die Räume, in denen sie sich ihm so oft hingegeben hatte. Beim Anblick des Jagdgemäldes lächelte sie. Es hatte ihr nie gefallen. Dabei fiel ihr ein, wie sie Héctor zum ersten Mal im Aufzug mit dem Bild unter dem Arm begegnet war.

Ein lautes Klopfen an der Tür ließ sie zusammenfahren. Leise lief sie zum Eingang hinüber, um durch den Spion zu sehen.

Ich war mit Inspector Garrido auf der Terrasse der Bar Santa Bárbara an der Kreuzung der Calle Goya und der Calle de Alcalá verabredet. Vorsichtshalber kam ich etwas zu früh, um noch einmal die Fragen durchzugehen, die ich ihm stellen wollte. Ich hatte keine Ahnung, wie Garrido aussah, und erwartete einen älteren Herrn, jedoch keinen Greis, sondern einen Mann mit wettergegerbter Haut und Schnurrbart, den er schon seit Ewigkeiten trug, braunem Haar, altmodischer Brille und unauffälliger brauner oder grauer Kleidung. Eigenartigerweise sah ich den Inspector immer in Schwarzweiß vor mir, ganz so, als befände er sich noch immer in den Ermittlungen zum »Fall Lunardi«, wie ich die Angelegenheit, die in jenem seltsamen Sommer passiert war, inzwischen getauft hatte. Unser Kopf funktioniert auf sehr spezielle Art, und oft gehen unsere Erinnerungen oder Gedanken mit der Zeit einher, zu der sich die betreffenden Dinge ereignet haben. Wenn ich beispielsweise an etwas dachte, was vor vielen Jahren passiert war, reproduzierte ich es für mich in Schwarzweiß, sepiafarben oder in Kodachrome, was ganz einfach die Farbe meiner Kindheit war, denn meine Kindheit war ein Super-8-Film. Und so erwartete ich an jenem Tag auf der Terrasse, über die ein Wind wehte, der heftig an der Plane zerrte, die den Bürgersteig von der belebten Straße abschirmte, wohl auch einen aus einem Schwarzweißfilm ausgeschnittenen Mann in unserer farbigen Gegenwart.

Lustigerweise war Garrido tatsächlich dunkel gekleidet, doch ansonsten sah er völlig anders aus, als ich ihn mir vorgestellt hatte. Er war ein großer, korpulenter Mann, der in seinen besten Jahren recht attraktiv gewesen sein musste. Sein Gesicht war von Furchen, nicht von Falten, durchzogen. Er hatte wirres weißes Haar und eine leicht krumme Nase, jedoch nicht so krumm wie die typischen Boxernasen. Seine Hand war kräftig, und er drückte die meine bei der Begrüßung so fest, als wolle er damit sagen, dass ich besser nicht seine Zeit verschwendete, da mit ihm nicht zu spaßen sei. Er trug ein weißes Hemd, Jeans und eine braune Lederjacke, also die absolut klassische Kleidung für einen Ermittler.

»Sie sind der Journalist, stimmt's?«

»Ja. Und Sie Señor Garrido, nehme ich an.«

»Genau, Juan Garrido. Da bin ich also, wenn ich auch nicht genau verstanden habe, warum.«

»Reine Neugier und ein wenig auch aus beruflichen Gründen.«

Wir bestellten zwei Bier, und ich kam sofort zur Sache.

»Ich schreibe gerade einen Roman über etwas, was sich vor Jahren in dem Haus, in dem ich wohne, ereignet hat und nicht endgültig aufgeklärt werden konnte. Vielleicht erinnern Sie sich noch an Ana Serná und Simón Hurtado? Sie beging am 20. September 1983 Selbstmord. Ich versuche, die Fäden zu verknüpfen, um zu erzählen, wie eine zunächst so romantische und glückliche Liebe auf eine derart tragische Weise zerstört werden konnte. Auf die Idee, diesen Roman zu schreiben, haben mich Simóns Briefanzeigen gebracht, die er jedes Jahr in der Zeitung hat veröffentlichen lassen, um deutlich zu machen, wie sehr er Ana vermisst.«

Garrido unterbrach mich mit einer brüsken Handbewegung. Er wirkte weder so, als ob er sich von schönen Worten beeindrucken ließe, noch, als ob er gern um den heißen Brei herumredete.

»Sie hatte was mit dem Argentinier. Das war uns gleich zu Anfang klar, nachdem ich den Typ zum zweiten Mal befragt hatte. Von da an wusste ich, dass die beiden eine Affäre hatten, aber wir konnten nicht zweifelsfrei feststellen, dass das etwas mit ihrem Tod zu tun hatte. Wir konnten nicht einmal nachweisen, dass sie, wie wir vermutet haben, aus einem Fenster seiner Wohnung gestürzt ist.«

»Aha. Ehrlich gesagt habe ich mir auch schon gedacht, dass sie Simón vielleicht betrogen hat.« Am liebsten hätte ich dem Inspector erzählt, was ich in der Wohnung des Briefträgers entdeckt hatte, und ihm die Fotos gezeigt, die ich von dem Briefwechsel der beiden gemacht hatte – vor allem von diesem letzten Brief, in dem sie Héctor mitgeteilt hatte, dass sie sich entschlossen hatte, die Beziehung zu beenden.

»Ja, aber das ist kein Verbrechen, das bedeutet gar nichts, außer dass der Ehemann ein Motiv gehabt hätte. Aber zu dem Zeitpunkt, als Ana Serná in die Tiefe stürzte, war Simón in der Redaktion und anschließend in der Biblioteca Nacional, soweit ich mich erinnere, wo er von vielen Leuten gesehen wurde, sodass wir ihn als Täter eigentlich ausschließen konnten.«

»Aber wusste Simón denn, dass Ana ihn betrogen hat?«

»Keine Ahnung. Wir haben es ihm nicht gesagt, das ist sicher, aber wenn wir es so schnell gemerkt haben, bezweifle ich, dass ihm nicht auch etwas aufgefallen ist.«

»Sie haben nie daran geglaubt, dass es Selbstmord war, stimmt's?«

»Weißt du, mein Junge, das, was man glaubt, und das, was man beweisen kann, sind zwei völlig verschiedene Paar Schuhe. Damals kam mir alles verdächtig vor, ich habe nicht mal Amalias bemitleidenswerter Tochter getraut, die zu der Zeit schon ans Bett gefesselt war.«

»Welcher Tochter?«

»Cristina. Amalia hatte eine Tochter namens Cristina. Sie war behindert, ich weiß nicht, ob sie noch lebt. Sie hat nur selten das Haus verlassen, ab und zu mal für eine Spazierfahrt im Rollstuhl. Jedenfalls erinnere ich mich noch ganz genau, dass es mir kalt über den Rücken lief, als Doña Margarita, die Frau aus dem siebten Stock, die den Verstand verloren hatte, mir nach mehreren Befragungen auf einmal sagte: ›Sie war nicht allein, sie war nicht allein.‹ Das war alles, und sie hat es nicht noch einmal wiederholt, aber diese Aussage war einer der Gründe, warum ich immer davon überzeugt war, dass mehr als ein Selbstmord dahintersteckt.

Meiner Meinung nach waren alle Hausbewohner irgendwie verdächtig. Der Briefträger gab ausweichende Antworten, die Concierge wollte nicht mit den Details herausrücken, und der Argentinier und der Ehemann hatten ganz offensichtlich auch etwas zu verbergen. Die einzige Ausnahme waren die arme Frau aus dem vierten Stock und ihre kranke Tochter. Das Ganze klang wie aus einem Roman.« Garrido grinste, als er das sagte. »Klar, der Roman, an dem Sie gerade schreiben. Und wie stellen Sie sich das Ende vor? Die Leute wollen einen Täter, den Bösen, den es in diesem Fall angeblich nicht gibt.«

»Damit beschäftige ich mich ja gerade«, warf ich ein. »Haben Sie nicht noch eine Spur für mich, der ich nachgehen könnte, irgendeinen Verdacht? Ich persönlich glaube ja, dass Simón wusste, dass seine Frau ihn betrogen hat – wenn ich auch nicht sicher bin, ob er es bereits herausfand, als sie noch lebte, oder erst nach ihrem Tod. Andererseits – wenn er es wusste, warum hat er dann all die Jahre über diese Briefe in der Zeitung veröffentlicht? So als ob Ana die einzig wahre Liebe gewesen wäre? Das macht doch keinen Sinn. Warum liebt er sie nach all der Zeit noch immer?«

»Nun, das müssen Sie wohl alleine herausfinden. Aber glauben Sie mir, mir sind im Leben noch sehr viel unwahrscheinlichere Dinge begegnet. Viel mehr kann ich Ihnen dazu auch nicht sagen.« Er sah nachdenklich auf seine großen Hände. »Ich habe damals ohne Ende über diesen Fall nachgegrübelt, ihn bis ins kleinste Detail analysiert, jedoch hat nichts, gar nichts uns zu dem Täter geführt. Und so haben wir den Fall dann schließlich doch als Selbstmord zu den Akten gelegt.«

»Ist Ihnen bei den Befragungen denn nicht vielleicht noch etwas aufgefallen? Irgendetwas, das Ihnen seltsam vorkam?«

»Nicht wirklich, außer dass ich mich noch genau daran erinnern kann, dass der Hauseigentümer sich ziemlich blöd angestellt hat, also der Mann, dem in dem Gebäude zu diesem Zeitpunkt mehrere Wohnungen gehörten. Er hat sich recht abwertend über die Tote geäußert, und ich habe mich gefragt, warum? Später haben wir dann festgestellt, dass dies wohl seine generelle Einstellung widerspiegelte: die typische menschenverachtende Arroganz eines Señorito, der sein ganzes Leben lang zu viel Geld hatte. Sie hätten mal hören sollen, wie er mit der Concierge geredet hat. Aber was soll's, auch ihm konnten wir nichts nachweisen.« Der Inspector zuckte die Achseln. »Ehrlich gesagt hatte ich den Verdacht, dass er sich von Ana sexuell angezogen fühlte, sich vielleicht an sie rangemacht hat, ihr zu nahe getreten ist und einen Korb bekommen hat. Er sprach von ihr, als wäre sie eine Frau gewesen, die leicht zu haben war. Ein ekliger Typ. Aber ich sag Ihnen, Sie brauchen gar nicht weiter zu suchen, mehr werden Sie nicht finden.«

Das Gespräch mit Garrido beantwortete meine Fragen in Bezug auf den Ausgang der Geschichte zwar nicht, aber es brachte mich auf eine Idee.

Am selben Abend noch schrieb ich das Ende meines Romans: jenes Ende, das seit Tagen vor der Tür von Héctors Wohnung verharrte, nachdem es dort angeklopft und Ana durch den Spion geblickt hatte.

Mein Sohn León war inzwischen neun Monate alt und hatte noch keinen Zahn. Ich sage »noch«, ohne wirklich zu wissen, ob er schon Zähne hätte haben sollen, denn derartige Dinge hängen immer von der jeweiligen Website ab, die man aufruft, um sich verrückt zu machen. Als Leon gerade vier Monate alt war, hatte einer meiner Freunde gesagt, dass er zwei weiße Punkte auf seinem Zahnfleisch entdeckt habe, die darauf hinwiesen, dass bald die ersten Zähne kommen würden, was sich jedoch als falscher Alarm herausgestellt hatte. In jedem Fall war ich äußerst beeindruckt von dem, was die Experten auf diesem Gebiet mit großer Überzeugung behaupteten, nämlich dass wir Erwachsene, wenn uns in unserem Alter neue Zähne wachsen würden, unerträgliche Schmerzen hätten.

Der Stand der Dinge war also der folgende: León hatte noch keine Zähne, und er krabbelte auch nicht. So oft er es auch versuchte, wollte ihm das Kunststück, eine Hand nach der anderen aufzusetzen, einfach nicht gelingen. Dafür schenkte er uns jeden Tag ein Lachen nach dem anderen. Es war kaum vorstellbar, dass es ein Kind geben konnte, das öfter sein Gesicht zu einem Lächeln verzog. Auf meinem Handy waren mittlerweile unzählige Fotos und Videos von ihm gespeichert. Und zwischen diesen zweihundert oder dreihundert Babybildern befanden sich die Fotos, die ich in den Wohnungen meiner Nachbarn gemacht hatte. Jener Sommer, in dem ich auf die Idee kam, heimlich fremde Wohnungen zu erkunden, spielte in meinem Leben noch immer eine wichtige Rolle.

Meinen Roman hatte ich mehr oder weniger pünktlich im Oktober im Verlag abgegeben, sodass einer Veröffentlichung im Januar nichts im Weg stand. Dies hielt der Verlag für einen guten Zeitpunkt: Das Weihnachtsgeschäft und die dazugehörenden Werbekampagnen waren den großen Namen vorbehalten, da die Leute, wenn sie Bücher verschenkten, lieber kein Risiko eingingen. Ein Ken Follett zum Beispiel machte sich immer gut unter dem Weihnachtsbaum.

Meiner Lektorin hatte ich nichts von dem radikalen Themenwechsel in meinem Roman gesagt. Meine Großmutter und ihr faszinierendes Leben in Madrid, zwischen Friseursalons, Liebesgeschichten und ihrer Narkolepsie, waren für mich in weite Ferne gerückt. Mein Roman hörte in der Wohnung im fünften Stock links auf, wo die Geschichte um Simón und Ana, ihre erste Begegnung vor dem Lunardi-Gemälde, Anas Tod und die anschließenden Ermittlungen zum Ende kamen.

An dem Tag, an dem ich das Manuskript abgab, hatte ich feuchte Hände, ein unkontrolliertes Zucken im linken Auge und meine Beine waren wie Blei, sodass ich wie ein Freak gewirkt haben muss, als ich das Verlagsgebäude betrat. Ich hatte beschlossen, den Roman persönlich zu übergeben, damit alle merkten, dass ich dazu stand, und auch um die Reaktion meiner Lektoren zu sehen. Bisher waren bei meinen Besuchen im Verlag immer alle bestens gelaunt gewesen – ich kam, grüßte, trank einen Kaffee, und wir unterhielten uns –, an jenem Morgen jedoch hatte ich das Gefühl, vor ein

Tribunal zu treten. Eigentlich gab es keinen Grund dafür. Ich war stets freundlich behandelt worden, und es war kaum vorstellbar, dass jetzt alle verärgert sein würden. Aber da Angst oft völlig irrational ist, fühlte ich mich, als ich in den Aufzug trat, wie das Kind, das viele Jahre zuvor ins Büro des Schuldirektors zitiert worden war. Dabei spielte sicher auch eine Rolle, dass ich einen Vertrag unterschrieben und einen Vorschuss kassiert hatte; einen Vertrag, in dem der Titel des neuen Romans festgelegt war und auch dessen Inhalt. *Unter Träumen* sollte die Geschichte meiner Großmutter werden. Wenn man mir nun vorwerfen würde, den Vertrag nicht erfüllt zu haben, würde es schwer sein, dagegen zu argumentieren. Denn zwischen *Unter Träumen* und *Im fünften Stock links* lagen Welten, sodass ich zumindest meine Lektorin, der ich, als ich mein erstes Buch schrieb, jeden Sonntag eine Mail geschickt hatte, hätte informieren müssen.

»Ich verstehe schon, ich hätte es sagen und es erklären müssen, ich weiß. Aber ich wollte sichergehen, dass dies wirklich der Roman wird, den ich schreiben wollte, und dass er gut genug sein würde, um ihn hier vorzulegen.«

»Aber du musst verstehen, dass wir den Vertretern und den Buchhändlern etwas ganz anderes angepriesen haben, wir haben von den Liebesgeschichten einer unglaublichen Frau erzählt, die ihrer Zeit weit voraus war, einer unabhängigen Frau, einem Roman im Stil von *Vom Winde verweht*.«

»Das verstehe ich vollkommen, und ich kann nichts zu meiner Entschuldigung vorbringen. Ich bin rein zufällig auf diese Geschichte gestoßen, und sie hat mich nicht wieder losgelassen. Wenn ich euch eines vorschlagen darf: Lest das Manuskript und sagt mir anschließend ganz ehrlich eure Meinung. Wenn ihr den Roman nicht wollt, gibt es zwei Möglichkeiten: Entweder ich zahle euch den Vorschuss zurück, und wir fangen bei null an, oder ich versuche so schnell wie möglich *Unter Träumen* fertigzustellen.«

Wenn ich dies nun so schreibe, scheint es, als hätte ich meinen Standpunkt in dem Gespräch mit großer Überzeugung vorgetragen, doch in Wahrheit muss ich ausgesehen haben wie auf einem Gemälde von Francis Picabia: mit Augen, die mir fast aus dem Kopf fielen, mit ineinander verschlungenen Beinen und mit feuchten Händen. Ich war völlig neben der Spur.

In der darauffolgenden Woche quälten mich die Unsicherheit und das schlechte Gewissen. Nach ein paar Tagen war ich überzeugt davon, großen Mist gebaut zu haben. Nachts wälzte ich mich unruhig im Bett umher und fand kaum Schlaf, weil ich das bevorstehende Urteil über meinen Roman fürchtete.

Ursprünglich war mein neues Buch als einer der Schwerpunkttitel im Programm geplant, mit einer hohen Erstauflage und der Aussicht, auf Messen und anderen Veranstaltungen präsentiert zu werden. Auf Veranstaltungen, die nicht in erster Linie literarisch waren, sondern eher gesellschaftliche Ereignisse, auf denen es darum ging, Journalistenkollegen vom Fernsehen,

Schauspieler, Starköche, Seriensternchen, Radiomoderatoren, Skandal-Kolumnisten, Spitzensportler, Wirtschaftsfachleute, Politiker, Ex-Politiker, Psychologen, Psychiater, Personal Trainer und Soziologen zu treffen. Denn hauptberufliche Schriftsteller sind heutzutage schwer zu finden. Vielleicht auch, weil es so schwierig ist, vom Schreiben zu leben.

Irgendwann klingelte dann mein Handy, und die Nummer meiner Lektorin sprang mich aus dem Display an. Es war so weit!

»Du hast uns einen ganz schönen Schrecken eingejagt, aber dein neuer Roman gefällt uns allen sehr gut. Auch die Chefin hat sich inzwischen wieder beruhigt. Sie sagt, dass alles, was ein gutes Buch braucht, vorhanden ist: Liebe, Spannung, Humor. Wir können das Buch also wie besprochen veröffentlichen. Nur über eine Sache würden wir gern mit dir reden. Könntest du auf einen Kaffee vorbeikommen?«

»Natürlich! Ich bin wirklich erleichtert, dass euch der Roman gefällt! Und ich verstehe euren Ärger, wirklich, aber … Ich habe mich erst getraut, euch von der geänderten Handlung zu erzählen, als das Manuskript fertig war.«

»Keine Sorge! Wir müssen jetzt nur ein bisschen umdenken, das Marketing anpassen und ein anderes Cover-Motiv finden, aber das geht schon. Könntest du vielleicht gleich morgen kommen?«

»Ja, so gegen fünf bin ich da.«

Der Verlag hatte mir nach der Veröffentlichung meines ersten Buches für den Roman relativ viel Zeit eingeräumt. Angeblich war ein Abstand von zwei Jahren die Höchstgrenze, die man nicht überschreiten sollte. Wartete man länger, hatten die Leute das letzte Buch bereits vergessen oder sogar, dass man Schriftsteller war. Ich war noch gut in der Zeit, aber die Tatsache, Vater zu werden, und meine Arbeit in der Redaktion hatten es unmöglich gemacht, mehr Zeit und Konzentration auf das Romanschreiben zu verwenden, als ich es in jenem Sommer und den folgenden Monaten getan hatte. Die Geschichte von Ana und Simón war nach und nach in meinem Kopf entstanden. Die Gedenktexte in der Zeitung, der glücklose Argentinier, die verpfändeten Schmuckstücke. Doch das Entscheidende war das Gespräch mit unserer Concierge an jenem Tag gewesen, an dem sie mir erzählt hatte, dass Ana aus dem Fenster gestürzt war. Niemand, der scheinbar so glücklich ist, nimmt sich das Leben. Oder doch? Ich war schon immer der Meinung, dass die Wirklichkeit den besten Stoff für die Fiktion bietet, und ein Roman entsteht oft an den unerwartetsten Orten. So war *Im fünften Stock links* im Eingangsbereich unseres Hauses entstanden, gleich neben dem Aufzug. Im Grunde habe ich Noelia die beiden entscheidenden Auslöser zu verdanken: jenes Gespräch, in dem sie sich mir anvertraute, und die Tatsache, dass sie den Schlüsselbund im Treppenhaus verlor. Das Schicksal ist eben launenhaft.

»Hallo, wie geht's?« Ich wandte mich an die Programmleiterin: »Ich hoffe, du kannst mir verzeihen, ich bin mir absolut der Tatsache bewusst, dass ich euch einen bösen Streich gespielt habe.«

»Das ist schon in Ordnung, dein Roman hat dich gerettet.« Sie lächelte. »Er hat mir wirklich gut gefallen, und ich habe ihn beinah an einem Stück verschlungen. Aber eine Sache würde mich nun doch interessieren: Bist du wirklich in all diesen Wohnungen gewesen? Einfach so dort eingedrungen?«

»Tja … Mhm … Nun ja, es ist schließlich ein Roman und damit fiktiv«, erklärte ich vage.

»Ich will mich nicht als Richterin aufspielen, aber wir könnten rechtliche Probleme bekommen. Sind die Namen, die in dem Buch erwähnt werden, die von real existierenden Personen?«

»Ja, das sind die Namen meiner Nachbarn.«

»Und was ist, wenn sie sich wiedererkennen und gerichtlich dagegen vorgehen?«, wandte meine Lektorin ein.

»Möglich. Aber wenn wir hinzufügen, dass es sich um reine Fiktion handelt und die Idee zu dieser Geschichte mir gekommen ist, als ich die Gedenktexte in der Zeitung gelesen habe …?«

»Na schön, aber was ist mit den Wohnungs- und Personenbeschreibungen …? Daran müssen wir noch einiges ändern.«

»Natürlich, wenn ihr denkt, dass das sicherer ist, können wir die eine oder andere Textpassage oder auch die Namen gern ändern.«

»Hast du schon mal darüber nachgedacht, dir eine andere Wohnung zu suchen? Denn wenn einer deiner Nachbarn den Roman liest, wirst du nicht mehr der beliebteste Hausbewohner sein.«

Ich lachte.

»Meinst du? Ich hoffe, nicht.«

»Ich fürchte, doch. Selbst die Nebenfiguren werden sich, aus deiner Sichtweise geschildert, wiederfinden. Denk mal an Doña Amalia und ihre Tochter, das arme Mädchen … Das würde mich nicht wundern.«

»Das ist wirklich eine seltsame Sache. Von der Existenz dieser Tochter habe ich erst vor Kurzem erfahren, als ich mit dem Inspector gesprochen habe, der in dem Fall ermittelt hat. Wir haben Amalia immer für ein wenig verrückt gehalten, weil sie ständig Selbstgespräche führte und Lieder vor sich hin sang.«

»Eine letzte Sache noch. Bitte sag mir, dass die Person, die in deinem Buch der Mörder ist, nicht wirklich existiert, sondern lediglich deiner Phantasie entsprungen ist.«

Ana hatte der scheinbar nebenbei geäußerten Anspielung Manuel Arandas ein paar Tage zuvor im Aufzug keine größere Bedeutung beigemessen, wenn sie sie auch als deplatziert und unangenehm empfunden hatte.

»Ich muss in den sechsten Stock, um die Miete einzutreiben.«

In einem engen Aufzug gemeinsam mit einer anderen Person nach oben zu fahren, konnte, je nachdem, um wen es sich handelte, schon zu einer heiklen Angelegenheit werden. Doch wenn diese Person einem dann noch besonders eng auf die Pelle rückte und mit einem anzüglichen Grinsen erwähnte, wie hübsch man sei und wie gut einem das Kleid stehe, wurde das Ganze schnell zur Belästigung. Als der Aufzug im fünften Stock zum Stehen kam, beeilte sich Ana auszusteigen. In der Kabine hatte sie kaum zu atmen gewagt, so wie man, wenn man an einem schlecht riechenden Ort vorbeikommt, die Luft anhält, bis man droht, ohnmächtig zu werden. Doch als sie die alte schmiedeeiserne Tür des Aufzugs hinter sich zumachte, sagte Aranda etwas, was sie ernsthaft beunruhigte:

»Na? Heute kein Ausflug in den siebten Stock? Keine Sorge, ich werde das Geheimnis für mich behalten.« Sein Lächeln war ordinär und schmierig.

Dieser Widerling weiß von meiner Affäre mit Héctor!, dachte Ana entsetzt. Wie er wohl davon erfahren hat? Er muss mich dort oben irgendwann einmal gesehen haben. Und das ausgerechnet jetzt, da alles vorbei ist!

All das fiel Ana wieder ein, als sie beim Blick durch den Spion Arandas Gesicht auf der anderen Seite der Tür von Héctors Wohnung sah.

»Komm, Schätzchen, ich weiß, dass du da drin bist. Mach auf! Ich versichere dir, dass es besser für dich ist, wenn du mich reinlässt! Du willst doch nicht, dass ich hier im Treppenhaus für einen Skandal sorge und Simón am Ende alles herausfindet, oder?«

Ängstlich ergab sich Ana in ihr Schicksal und öffnete langsam die Tür.

»Was wollen Sie?«

»Du weißt genau, was ich will, das Gleiche, was Héctor jeden Morgen bekommt. Keine Sorge, er selbst hat es mir erzählt, irgendwann mal nachts in der Cocktailbar, und auch wie gut du es ihm besorgst.«

»Gehen Sie! Sofort! Sie sind ein widerlicher Mistkerl! Héctor hat Ihnen gar nichts erzählt.«

»Und woher sonst weiß ich dann, dass du, wenn du ihn im Morgenmantel empfängst, manchmal nichts darunter trägst? Komm, zier dich nicht so! Du hast deinen Mann doch eh schon betrogen, da macht einer mehr auch nichts mehr aus!«

»Gehen Sie endlich, Sie Schwein! Kommen Sie keinen Schritt näher!«

»Nicht näher? Von wegen! Und wie nah ich dir kommen werde!«

Ana war langsam zurückgewichen, ohne den Blick von Aranda abzuwenden. Im Flur versuchte er, nach ihr zu greifen, woraufhin sie ins Schlafzimmer floh.

»Komm schon. Ich sag's dir noch mal: An deiner Stelle würde ich mich nicht so anstellen! Es wäre sicher spannend, Simóns Gesicht zu sehen, wenn er erfährt, dass seine vollkommene Ehefrau nichts als ein billiges Flittchen ist.«

»Sie sind ekelhaft, verschwinden Sie endlich, Sie niederträchtiger Widerling!«, rief Ana von der Schlafzimmertür aus.

Aranda zog sie aufs Bett und begann, sich das Hemd aufzuknöpfen und seinen Gürtel zu öffnen. Da gelang es Ana, nach einem schweren Aschenbecher zu greifen, der auf dem Nachttisch stand. Ohne weiter darüber nachzudenken, schlug sie ihn Aranda ins Gesicht.

»Verdammte Hure!«, schrie Aranda. »Dafür wirst du bezahlen! Was glaubst du, wer du bist?«

Aranda blutete nicht, aber sein Gesicht war von Wut verzerrt, und wohl auch von dem Schmerz, den Ana ihm mit dem Aschenbecher zugefügt hatte, in dem Héctor jeden Morgen, nachdem er und sie sich zwischen den Laken geliebt hatten, seine Zigarette ausdrückte.

Sie rangen miteinander. Aranda versuchte, ihr das Nachthemd hochzuschieben. Ana trat und biss um sich, woraufhin sich die großen, rauen Hände des Mannes fest um ihren Hals schlossen. Ana fiel es immer schwerer, sich zu wehren. Dabei sah sie die ganze Zeit über Simón vor sich und sagte sich, wie furchtbar es doch wäre, wenn er erfahren würde, dass man sie tot in Héctors Bett gefunden hatte. Denn Ana spürte, dass sie sterben würde. Sie bekam keine Luft mehr, und das

Letzte, woran sie dachte, war, dass sie den Mann ihres Lebens betrogen hatte. Das Lunardi-Gemälde tauchte zusammenhanglos irgendwo in ihrem Bewusstsein auf, genau wie Miss Mara, die Trapezkünstlerin. Tränen liefen ihr übers Gesicht. Dann hörte ihr Herz auf zu schlagen.

Aranda brach in Panik aus. Vergeblich klopfte er ihr auf die Wangen, in der Hoffnung, dass sie wieder zu sich käme.

»Komm, wach auf, mach mir keinen Ärger! Verdammte Scheiße! Was jetzt? Manuel, denk nach, denk nach!«

Schließlich öffnete er das Fenster und warf Ana hinaus. »Selbstmord«, würden die Leute denken.

So gut es ging, beseitigte er alle Spuren. Er zog das Bettzeug glatt, damit das Schlafzimmer wieder aussah wie vorher, und verließ eilig die Wohnung. Über die Treppe lief er nach unten, wo er niemanden antraf, da Noelia bereits im Innenhof nach Hilfe rief. Er trat auf die Straße und ging in eine Bar in der Nähe, um sich zu beruhigen.

Die Zeitung, die auf der Theke lag, trug das Datum des 20. September 1983.

Als Aranda in den Spiegel sah, bemerkte er die Verletzung auf seiner Wange, die der Schlag mit dem Aschenbecher verursacht hatte. Er überlegte rasch, wie er sie verbergen oder erklären könnte, wenn er danach gefragt wurde. Also begann er einen Streit mit dem Kellner, schrie herum und warf ein Glas zu Boden. Zwei Leute packten ihn und warfen ihn aus der Bar. Aranda schlug zu. Der Getroffene wehrte sich und erwischte ihn genau an der gewünschten Stelle an der Wange. Und damit hatte er sein Alibi.

Das Lektorat meines Romans war ziemlich aufwendig. Ein paar Charaktere verschwanden wie zum Beispiel Doña Amalias Tochter, Namen wurden geändert; das Gebäude schrumpfte von sieben auf sechs Etagen; aus der Concierge wurde ein Portier, und die Wohnungsbeschreibungen sahen nun völlig anders aus. Doch das Thema und der Aufbau wurden beibehalten: eine Geschichte von Liebe und Betrug, auf verschiedenen Zeitebenen erzählt, in der Absicht, dass der Leser dem Helden immer ein Stück voraus war, und das Ganze präsentierte sich so, dass man nie genau wusste, wie viel Fiktion und wie viel Wahrheit darin steckte. Durch all diese Veränderungen verzögerte sich der Erscheinungstermin des Romans und musste um einen Monat verschoben werden. Der 5. Februar, kurz vor dem Valentinstag, war das neue Datum, das ich in meinen Kalender eintrug.

In der Nacht vor dem großen Tag schlief ich unruhig. Das war schon bei der Veröffentlichung meines Erzählbands so gewesen, doch bei dem neuen Buch kam die Sorge hinzu, dass sich jemand in der Geschichte wiedererkennen könnte. Wobei meine Lektorin und ich uns eigentlich ziemlich sicher waren, dass wir alles ausreichend verfremdet hatten. Simón war nicht mehr Simón, und Ana hieß nicht mehr Ana – wir hatten die beiden Protagonisten nun Pedro und Daniela genannt –, und Héctor, der sich in Guillermo verwandelt hatte, hatte seinen argentinischen Akzent gegen einen galicischen ausgetauscht. Alle konnten erahnen, niemand jedoch beweisen, dass er Teil meines Romans war. Gut, Simón war relativ leicht wiederzuerkennen, doch die Wahrscheinlichkeit, dass er das Buch lesen würde, erschien eher gering. Das wäre wirklich ein großer Zufall gewesen.

Die Verkäufe liefen eher moderat an, weder schlug das Buch wie eine Bombe ein, noch wurde es ein Flop – aber es verkaufte sich kontinuierlich weiter, was, wie mir der Verlag versicherte, ein gutes Zeichen war, da es auf eine lange Lebensdauer schließen ließ. Allerdings ist die lange Lebensdauer eines Buches kürzer als die jedes anderen Objektes, doch sie führte mich von Stadt zu Stadt, zu Präsentationen und Begegnungen mit meinen Lesern, was vielleicht der erhebendste Teil des ganzen Geschäfts ist. Die offizielle Premiere fand wie bei meinem ersten Buch in Murcia statt, in genau jenem Festsaal der Universität, in dem ein paar Jahre zuvor meine Familie und meine Freunde mit mir meinen Studienabschluss gefeiert hatten. Nur dass diesmal mein Vater nicht wie damals in der dritten Reihe saß. Zwischen zwei Büchern war er einfach so gegangen. Ein Leben, ein Buch. Dafür war ein knapp einjähriges Kleinkind auf dem Schoß seiner Mutter als Gast hinzugekommen.

Ich bemühte mich, den Roman vorzustellen, ohne zu viel über die Entstehung zu erzählen. Jedes Mal, wenn ich gefragt wurde, ob mich jemand zu einer bestimmten Person inspiriert habe, ob das Gebäude wirklich existiere oder ob es für Pedro und Daniela reale Vorbilder gebe, suchte ich nach Ausflüchten und klammerte mich an den abgedroschenen Gemeinplatz, dass die Grenze zwischen der Realität und der Fiktion nun mal eine fließende sei. Dabei war das eigentliche Problem nicht, dass ich eine Geschichte erzählt hatte, die auf realen Tatsachen basierte, sondern dass ich dafür in ein halbes Dutzend fremder Wohnungen eingedrungen war und mir Informationen beschafft hatte, an die ich auf andere Art und Weise niemals gekommen wäre. Daher konnte ich in diesen Monaten das Wort »Fiktion« nicht oft genug erwähnen.

Als ich auch meinem treuesten Leser und Kritiker ein Exemplar meines neuen Romans bringen wollte, traf ich Jorge im Parque de la Fuente del Berro leider nicht an. Ein Kollege erzählte mir, dass er für ein paar Monate im Retiro-Park aushelfe, wo viele der Bäume »beschlossen hätten, Selbstmord zu begehen«, wie er wortwörtlich sagte.

Murcia, Sevilla, Valencia, Bilbao, Barcelona, das war die offizielle Lesereise, die der Verlag für mich organisiert und die ich innerhalb von fünf Tagen zu absolvieren hatte. Jeden Tag eine andere Stadt. Anschließend erwarteten mich noch Gesprächsrunden und Lesungen in einigen weiteren Orten, in die man mich eingeladen hatte.

Eine dieser Veranstaltungen führte mich nach Ávila, wo etwas geschah, das alles veränderte.

Die Lesung fand im alten Bischofspalast statt und wurde von der Kulturbeauftragten der Stadt moderiert, die den Roman aufmerksam gelesen und sogar ein paar der Widersprüche entdeckt hatte, die ich immer gern in meine Bücher einbaute, damit der Leser, wenn er aufpasste, darüber stolperte. Die Veranstaltung war sehr gut vorbereitet, und neben dem Plakat, auf dem das Cover meines Buches abgebildet war, hing sogar ein weiteres mit dem Gemälde von Rigaud an der Wand, vor dem sich Simón und Ana – jetzt Pedro und Daniela – kennengelernt hatten.

Neben dem Buchhändler, der versuchte, den Roman mit einem reizvollen Rabatt von zehn Prozent unter die Leute zu bringen, waren etwa vierzig oder fünfundvierzig Gäste gekommen.

Die Kulturbeauftragte hatte mir erklärt, dass es bei den Veranstaltungen, die sie organisierte, üblich war, dass unter den Anwesenden ein Heft herumgegeben wurde, in das jeder etwas über das Buch oder einfach einen Gruß an den Autor hineinschreiben konnte.

»Das bekommen Sie dann am Ende geschenkt, zur Erinnerung.«

Ich hielt dies für eine hervorragende Idee, da es jedem Anwesenden die Möglichkeit gab, sich ehrlich zu äußern, ohne sich dazu überwinden zu müssen, vor Publikum zu sprechen.

Fünfundzwanzig Bücher wurden verkauft, ich signierte insgesamt etwa fünfunddreißig Exemplare, und weniger als eine Stunde später war ich nach einem recht angenehmen Abend wieder zu Hause.

Als wir, nachdem León endlich eingeschlafen war, zu Bett gingen, erzählte ich Mariona von der Veranstaltung. Dabei fiel mir das Heft mit den Leserkommentaren wieder ein, das ich mitnehmen durfte, und ich ging ins

Wohnzimmer, um es zu holen. Als ich zurück ins Schlafzimmer kam, war Mariona bereits eingeschlafen, sodass ich mich zum Lesen im Wohnzimmer auf das Sofa legte.

Vielen Dank für Ihren Besuch. Ich mag Ihre Reportagen im Fernsehen und hoffe, dass mir auch Ihr Buch gefallen wird. Herzliche Grüße, Fátima.

Mir geht es wie Ihnen im ersten Kapitel Ihres letzten Buches: »die große Herausforderung, etwas zu Papier zu bringen«. Aber immerhin habe ich mich dazu durchgerungen, Ihnen zu sagen, dass ich Im fünften Stock links *von vorn bis hinten lesen werde. Herzlich, María Luisa.*

Warum ist in Ihren beiden Büchern so viel vom Tod die Rede? Schreiben Sie doch mal etwas weniger Trauriges. Nur ein freundlicher Rat. Mit lieben Grüßen, Juan Ramón.

Ich werde Ihnen noch über Facebook schreiben, aber es war ein toller Abend. Anonym.

Das ganze Heft war voller netter Sätze, und ich war sehr glücklich, sie lesen zu dürfen. Es schien mir beinahe ein Wunder, dass fünfundvierzig Leute zwei Stunden ihres Samstagabends dafür hergegeben hatten, zu einer Lesung zu gehen und sich meine Gedanken über das Leben, meine Geschichten, meine Anekdoten anzuhören. Es war schon spät, und ich wurde ein wenig müde, als ich die letzten Einträge überflog.

Mir gefällt die Magie, die Sie im täglichen Leben entdecken. Marta.

Trotz der sich überschneidenden Geschichten und der großen Anzahl der Protagonisten hat mir sehr gut gefallen, wie Sie sich mit den Details in den Leben anderer beschäftigen. PS: Ich kenne auch mehrere Trampelpfade oder Abkürzungen! Cristina.

Ich war es, Héctor, der Nachbar aus der Dachwohnung, der Argentinier. Den, den Sie Guillermo nennen. Ich habe Ana getötet, wobei »töten« wohl für das, was an jenem Morgen geschehen ist, nicht das richtige Wort ist.

Ich schreckte hoch und las den Satz noch einmal. Es war der Beginn eines längeren Textes, der über mehrere Seiten ging. Mein Herz schlug schneller, ich griff nach einer bereits angerauchten Zigarette, der letzten, die ich noch im Haus hatte, und las weiter.

Was Sie in Ihrem Buch erzählen, ist von dem, was wirklich geschehen ist, relativ weit entfernt, wenn es in einigen Punkten auch durchaus der Wahrheit entspricht. Zwei Männer, die dieselbe Frau zutiefst geliebt haben. Ich kann nur sagen, dass mir zumindest jedes Mal der Atem stockte, wenn ich nur daran dachte, dass ich Ana verlieren könnte, dass ich mit ihr nicht jeden Moment meines Lebens würde erleben können, jede Sekunde. Und so gab ich mich mit den viel zu schnell vergehenden morgendlichen Treffen in meiner Wohnung zufrieden, wenn ich nach Hause kam, nachdem ich die ganze Nacht gearbeitet hatte, und sie mich beinah unbekleidet erwartete, bevor wir uns bis zur Erschöpfung liebten. Unsere Affäre begann und endete in den etwas mehr als achtzig Quadratmetern jener Wohnung, in der heute ein Neffe von mir lebt. In Wirklichkeit ereignete sich das, was damals geschah, auf absurdeste Art und war das Ergebnis eines Augenblicks der Verzweiflung, den ich bis heute noch nicht begreifen kann. Ich liebe sie noch immer, diese Frau, die ich zerschmettert auf dem Boden des Innenhofes liegen sah. Stellen Sie sich vor, dass mir sogar aus der Höhe von sieben Etagen – nicht sechs, wie Sie in Ihrem Roman schreiben – noch ihre Schönheit auffiel. Das, was ich in den Momenten nach dem Sturz durchmachte, wünsche ich niemandem: Mein Kopf war kurz davor zu platzen, das Bild vor meinen Augen verschwamm. Ich riss mich zusammen, so gut ich konnte, und verließ die Wohnung durch die Dienstbotentür, wie Sie sicher auch eine in Ihrer Wohnung haben. Mir ist gleich aufgefallen, dass Sie dieses Element nicht in Ihre Geschichte eingebaut haben: das Vorhandensein einer zweiten Treppe, die nach dem Einbau des Aufzugs Jahre zuvor so gut wie nicht mehr benutzt wurde. Über diese Treppe und durch diese Tür war ich an jenem Morgen auch in meine Wohnung gelangt.

Als ich von der Arbeit kam, war ich, ohne es zu merken, in den fünften Stock zu Anas Wohnung hinaufgefahren. Ich hatte unbewusst den Knopf gedrückt, der mich auf ihre Etage führte. Nachdem ich meinen Irrtum bemerkt hatte, dachte ich plötzlich, dass ich noch einmal versuchen könnte, mit ihr zu reden, sie davon zu überzeugen, uns noch eine Chance zu geben, mich bei ihr dafür zu entschuldigen, dass ich ihren Ring versetzt hatte, an dem sie so sehr hing. Aber ich hatte nicht die Kraft, ich schaffte es einfach nicht. Nur wenige Augenblicke zuvor war ich Simón auf der Straße begegnet, direkt vor unserem Haus, und hatte seine Existenz verflucht. Er war der Mann, der meinem Glück im Weg stand. Sie können sich nicht vorstellen, wie verzweifelt ich war; wie es ist, wenn man sich so machtlos fühlt, dass man beginnt, den Verstand zu verlieren, und sich in dem, was man tut, nicht mehr wiedererkennt. Man ist wie vom Teufel besessen, der sich direkt im Kopf einnistet und nicht zulässt, dass man an etwas anderes denkt. Man versucht, den Teufel mit allem Möglichen zu vertreiben, doch er kehrt immer wieder zurück und nimmt am Ende jeden Winkel des Bewusstseins in Besitz.

Gerade, als ich den Aufzugknopf drücken wollte, um zu meiner Wohnung hinaufzufahren, hörte ich, wie dort oben jemand an eine Tür klopfte, und dann hörte ich jemand anderen antworten. Doña Margarita hatte sich offenbar in der Wohnung geirrt, und Ana brachte sie hinüber. Aber was machte Ana in meiner Wohnung? Warum war sie dort hinaufgegangen? Das Erste, was mir in den Sinn kam, war, dass sie vielleicht den Mut gefasst hatte, Simón zu verlassen, um mit mir ein neues Leben zu beginnen. Doch zwei Tage zuvor waren wir uns im Aufzug begegnet, und sie hatte so entschieden und abweisend gewirkt, dass es mir nur zu bestätigen schien, was sie in dem Brief an mich geschrieben hatte, in dem sie unsere Beziehung beendete.

Ich weiß nicht, warum, doch ich fuhr mit dem Aufzug wieder hinunter ins Erdgeschoss und ging hinaus auf die Straße, um durchzuatmen. Und da war er erneut, dieser Teufel, wieder in meinem Kopf, das Monster der Eifersucht. Ich kehrte um, stieg über die Dienstbotentreppe die sieben Etagen hinauf, öffnete vorsichtig die Tür und fand Ana in der Küche sitzend vor. Sie hat sich furchtbar erschreckt, vor allem, als sie mein Gesicht sah. Es war nicht mehr das zärtliche Gesicht, das sich jeden Morgen über sie gebeugt hatte. Die bösen Geister verändern jedes Gesicht.

»Was machst du hier?«, fragte ich.

»Himmel, hast du mich erschreckt! Warum kommst du denn durch die Hintertür, Héctor? Was ist los? Du bist ja ganz blass.«

»Ich wollte nicht gesehen werden.«

»Warum?«

»Weil ich nicht weiß, was ich tun werde, wenn du mir das gesagt hast, was dich hergeführt hat.«

»Du machst mir Angst.«

»Sag mir, dass du Simón verlassen hast, dass du gekommen bist, um für immer dein Leben mit mir zu teilen. Und dass der Brief ein Fehler war.«

»Welcher Brief? Ich habe dir keinen Brief geschrieben.«

»Der Brief, in dem du alles so einfach beendet hast. Mit einem Stück Papier hast du mich aus deinem Leben geworfen. Verdammt, mit einem schäbigen Stück Papier!«

»Ich habe keinen solchen Brief geschrieben, Héctor. Aber ich bin tatsächlich hier, um mich endgültig von dir zu verabschieden. Es ist vorbei, ich kann so nicht mehr leben, ich will Simón nicht länger betrügen, den ich so sehr liebe, das weiß ich jetzt. Und ich bin gekommen, um dich zu bitten, dir eine andere Wohnung zu suchen. Ich will meinen Seelenfrieden

wiederhaben, will nicht immer wieder an dich erinnert werden, verstehst du? Ich bekomme keine Luft mehr, wenn wir uns im Aufzug begegnen, und jedes Mal, wenn ich das Haus verlasse, beginnt mein Herz zu rasen, weil ich denke, dass ich dir begegnen könnte. Bitte geh fort, Héctor, ich kann nicht mehr, ich will dich nicht mehr sehen!«

Nachdem ich diese Worte gehört hatte, war ich nicht mehr ich selbst. Ich sah sie an, und zum ersten Mal mischte sich in mir das Gefühl absoluter Liebe mit abgrundtiefem Hass. Ich versuchte mich ihr zu nähern, aber sie wich zurück, bis in mein Schlafzimmer.

»Hier waren wir glücklich, in diesem Bett, in diesen vier Wänden. Hast du das alles vergessen? Es ist noch gar nicht so lange her.«

»Nein, Héctor. Natürlich habe ich das nicht vergessen. Aber ich liebe Simón, und ich glaube, dass ich ihn nach dem, was zwischen uns war, sogar noch mehr liebe. Ich muss es versuchen, jetzt, da es noch nicht zu spät ist. Uns verbindet so viel. Deshalb bitte ich dich, wenn du mich liebst, und wenn es nur ein wenig ist, vergiss mich, verzeih mir und geh fort, so weit weg wie möglich!«

Ich umfasste ihre Taille, um sie zu küssen, ich weiß nicht, warum. Sie versuchte, sich zu befreien, und ich drückte sie gegen die Wand. Ich flehte sie an, mir noch eine Chance zu geben. Doch Ana bat mich nur, sie loszulassen, da sie ansonsten anfangen würde zu schreien. Wobei ich mir sicher war, dass sie das niemals getan hätte. Sie wollte keine Aufmerksamkeit erregen. Niemand im Haus sollte von unserer Affäre erfahren. Schließlich hing ihre Zukunft mit Simón davon ab.

Wie Sie vielleicht wissen, sind in unserem Haus die Fensterbrüstungen sehr niedrig. Vielleicht wurde das in Ihrer Wohnung verändert, aber in meiner alten Wohnung ist es noch immer der Fall. Auch wenn mein Neffe schon eine Weile dort lebt, ist die Wohnung noch genau so, wie sie damals war, Sie können es sich ansehen. Ana wich bis an die Brüstung zurück, das Fenster stand auf, und während wir miteinander rangen, fiel sie in die Tiefe. Die Welt verschwamm vor meinen Augen, an viel mehr kann ich mich nicht mehr erinnern. Der Knall beim Aufprall des Körpers, Doña Margaritas aufgerissene Augen, die mich anstarrten, und das unendliche Klingeln eines Weckers. Ich hatte immer Angst, dass die Alte mich verraten würde, doch ihre Krankheit verhinderte, dass sie irgendetwas erzählen konnte. In gewisser Weise ähnelt das, was Sie in Ihrem Roman schildern, wirklich dem, was in Wahrheit geschehen ist, nur war ich nicht so gewalttätig wie Ihr Aranda. Bei meinem Ende der Geschichte geht es um einen verzweifelten, liebenden Mann; in Ihrem um ein widerliches Schwein.

Und so floh ich eilig die Treppe hinunter, über die ich Minuten vorher, von der Hoffnung getrieben, Ana zurückzugewinnen, in meine Wohnung gekommen war. Niemand sah, wie ich das Haus verließ. Die Concierge stand schluchzend im Innenhof, vor dem leblosen Körper der Frau, die mich den Verstand hatte verlieren lassen. Ziellos ging ich durch die Gegend und versuchte, mich zu beruhigen. Ich war vollkommen außer mir, und mir war klar, dass ich, wenn ich nach Hause zurückkehrte, einige Fragen würde beantworten müssen. Dieser Garrido, den Sie in Ihrem Roman so gut beschreiben – seinen Namen haben Sie nicht geändert –, hatte mich von Anfang an im Verdacht, das spürte ich. Eine Kollegin von ihm hat mich mehrfach befragt, aber niemand konnte mir etwas nachweisen. Ich hatte sämtliche Spuren, die Anas Anwesenheit in der Wohnung hätten verraten können, beseitigt. Und so vergingen die Jahre.

Dass ich all das nun doch noch erzähle, hat keinen wirklichen Grund, oder vielleicht doch den Grund, dass mir Ihr Buch in die Hand fiel. Dieses Verbrechen, das in meinen Augen keines war, ist inzwischen verjährt. Es lag niemals in meiner Absicht, die Frau, die ich so liebte, zu töten. Es war ein tragischer Unfall. Doch ich weiß, dass ich nicht mehr lange zu leben habe. Mir bleiben höchstens noch sechs Monate, und ich wollte auf irgendeine Art dieses Geheimnis loswerden, das mich jede Sekunde meines Lebens gequält hat. Jenes Lebens, das seit diesem verfluchten Morgen keines mehr gewesen ist. Héctor.

Der Taxifahrer, der mich zur Calle General Sánchez Íbero fuhr, erzählte mir, dass diese Straße die einzige in Madrid sei, die nicht der Regel entsprach, dass die Hausnummerierung aller Hauptverkehrsstraßen an der Puerta del Sol begann, wie es im Jahr 1834 offiziell festgelegt wurde, um ein wenig Ordnung in das Chaos zu bringen, das die Stadt inzwischen aufwies. Ich hörte nur mit halbem Ohr zu, da auch in meinem Kopf ein ziemliches Chaos herrschte. Garrido hatte mich zu sich nach Hause bestellt, nachdem ich darauf bestanden hatte, mich mit ihm zu treffen. Er wohnte im Haus Nummer 6, in einer bescheidenen Wohnung, die nur mit dem Nötigsten eingerichtet war. Er machte mir einen Kaffee und sagte, dass er den Roman gelesen, er ihm aber nicht besonders gut gefallen habe.

»Am Ende haben Sie einfach auf die Schnelle einen Mörder erfunden. Ich habe zwar gesagt, dass es einen Bösen geben muss, aber ich denke, Sie haben es sich zu leicht gemacht. Sie sind darauf gekommen, nachdem ich das über Aranda erzählt habe, oder? Dass er Ana möglicherweise mal zu nahe getreten ist. Das hat ihn in Ihrer Phantasie zum Mörder gemacht. Und das war wirklich nicht sehr einfallsreich. Denn Sie wissen genau, dass er nichts mit der Sache zu tun hatte, da er zu dem betreffenden Zeitpunkt an einem anderen Ort war, wie er zweifelsfrei nachweisen konnte. Aber so machen es die Schriftsteller meistens: Sie schnappen nach dem Köder, den man ihnen hinwirft, ohne sich um Einzelheiten zu kümmern. Natürlich fordert niemand eine Erklärung, da es sich ja um Literatur handelt. Immerhin haben Sie die Namen geändert. Eigentlich alle, nur meinen haben Sie beibehalten. Nicht dass es mir etwas ausmacht, denn es wird sowieso niemandem auffallen.«

»Entschuldigen Sie, dass ich Ihren Namen so gelassen habe, aber Sie sind in der Geschichte ja nur eine Nebenfigur und nehmen es mir hoffentlich nicht übel. Ja, es stimmt, Sie haben mir den Ausgang der Geschichte auf dem Silbertablett serviert. Ich musste zum Schluss kommen, weil ich den Roman abgeben wollte, und dafür brauchte ich einen Mörder. Daher vielen Dank für Ihren kleinen fiktiven Beitrag.«

»Na schön, aber dass Aranda an die Tür klopft, Ana ihm öffnet, er sie erpresst, droht, ihre Affäre mit Héctor zu verraten, das ist … Ich weiß nicht, wie ich es sagen soll … Das ist so simpel. Ich hätte mir wirklich ein anderes Ende erhofft. Wissen Sie, ich dachte, Sie würden dem Ganzen noch eine überraschende Wendung geben und den guten alten Simón zum Mörder machen.«

»Das hatte ich eigentlich auch vor, aber dann tat er mir irgendwie leid. Ein Schriftsteller sollte versuchen, neutral zu bleiben, aber Simón ist mir ans Herz gewachsen, daher habe ich ihm die Schuld erspart. Außerdem hatte er ein wasserdichtes Alibi.«

»Na ja … Und wenn er von der Redaktion aus kurz nach Hause gegangen wäre, die Dienstbotentreppe benutzt und das Verbrechen begangen hätte, um dann schnell zur Biblioteca Nacional zu eilen? Immerhin hat es eine Weile gedauert, bis man ihn dort ausfindig machen konnte. Wer weiß, vielleicht hatte er doch von der Affäre seiner Frau erfahren. Und was ist mit dem Briefträger? Ein mörderischer Briefträger hätte sich sicher auch nicht schlecht gemacht. Vielleicht war er heimlich in Ana verliebt, hat ihr Briefe geschrieben und nie eine Antwort erhalten. Was ich meine, ist, dass Sie nach dem erstbesten Strohhalm gegriffen und eine Person zum Mörder gemacht haben, die in dem ganzen Buch im Grunde keine Rolle spielt. Das hat mir nicht gefallen. Und auch nicht, dass Sie diese Kollegin von mir erfunden haben mit ihren importierten Ermittlungsmethoden. Zur damaligen Zeit hat man höchstens Tabak importiert.«

Garrido haute mir den Roman ganz schön um die Ohren, und zumindest zum Teil hatte er durchaus recht. Ich stand damals unter großem zeitlichem Druck, und da war mir Aranda, der wie ein wohlfeiler Mörder praktischerweise vom Himmel fiel, gut zupass gekommmen. Tatsächlich aber hätte ich Arandas Charakter in der Geschichte mehr Raum einräumen müssen, damit der Leser am Ende überhaupt wusste, von wem die Rede war. Letztendlich war mir schon klar, dass ich kein großartiges Ende zustande gebracht hatte. Nur konnte ich es leider nicht mehr ändern und das Geständnis hinzufügen, das mir der Mörder kurze Zeit später in das Heft mit den Leserstimmen geschrieben hatte.

»Und wie verkauft sich das Buch? Wird es ein Bestseller?«, fragte Garrido.

Ich lachte.

»Wenn es kein Flop wird, bin ich vollkommen zufrieden. Leider verkaufen sich Bücher generell nicht mehr so gut wie früher. Wie auch immer. Aber ich würde Ihnen gern etwas zeigen, Inspector Garrido. Nicht dass Sie denken, ich bin nur gekommen, um über meinen Roman zu reden. Schauen Sie mal, was ich in diesem Heft gefunden habe. Es stammt von einer Buchpräsentation in Ávila und enthält Kommentare der dort anwesenden Gäste.«

Garrido nahm sich Zeit zum Lesen. Plötzlich veränderte sich sein Gesichtsausdruck, und schließlich rief er aus:

»Dieser Mistkerl! Er war die ganze Zeit über mein Hauptverdächtiger! Ich habe ihm von Anfang an nicht getraut. Er hatte kein wirklich wasserdichtes Alibi, aber ich konnte ihm damals nichts nachweisen. Bei all den Befragungen wirkte er ziemlich gleichgültig, und er hat nie zugegeben, dass er mit der Toten eine Beziehung hatte.« Er schüttelte den Kopf. »Leider hat er recht: Die Tat ist inzwischen verjährt, sie ist länger als dreißig Jahre her. So was! Die Welt verschwamm vor seinen Augen, behauptet er?! Na ja, wenigstens kenne ich jetzt endlich die Wahrheit. Können Sie das nicht in Ihrem nächsten Roman verwenden? Sie könnten ein neues Buch schreiben, in dem Sie behaupten, im letzten Roman den falschen Mann beschuldigt zu haben. Wo, haben Sie gesagt, hat er Ihnen das in das Heft geschrieben?«

»In Ávila. Aber ich habe schon im Telefonverzeichnis nachgesehen, im Internet gesucht und sogar in den

Krankenhäusern nachgefragt, jedoch von Héctor keine Spur gefunden. Vielleicht ist er von einer anderen Stadt aus zu der Veranstaltung gekommen, um unentdeckt zu bleiben.«

»Gut, das war's dann, mein Freund, der Fall ist abgeschlossen. Wobei das natürlich ein wesentlich besseres Ende für Ihren Roman gewesen wäre, meinen Sie nicht?«

»Zweifellos.«

EPILOG

Am 20. September 2014 veröffentlichte Simón erneut einen Gedenktext für Ana in der Zeitung.

Liebe Ana,
einunddreißig Jahre ohne dich. Ich habe inzwischen all die Dinge aufgeschrieben, die wir in dieser Zeit gemeinsam hätten tun können, die Orte, an die wir hätten reisen können, die Momentaufnahmen, die wir hätten machen können. »Momentaufnahmen.« Schon immer hat mir dieses Wort besser gefallen als »Fotografien«. Denn es gibt viel treffender die Möglichkeit wieder, die Zeit anzuhalten, einen Moment zu verewigen. Ich werde für immer mit dir in jener Momentaufnahme vor dem Gemälde im Museo del Prado verbleiben. Weißt du, Ana? Mein Leben ist noch immer angefüllt von Momenten, die längst vergangen sind, weil du in ihnen bist. Von diesen Momenten lebe ich, auch wenn sie inzwischen verschwommen sind.
Ich liebe dich in jedem Moment, in jedem Augenblick.
Simón

DANKSAGUNG

Vielen Dank
an meine Mutter, meine Geschwister und den Rest meiner Familie. Und an meinen Vater: Ich hoffe, dass es dir dort, wo du jetzt bist, gut geht.
An Ruth, die mir das schönste Geschenk gemacht hat, das man sich vorstellen kann.
An meine Freunde.
An meine Lektorin Belén und das ganze Team von Espasa, das mich so hervorragend betreut hat.
An die, die an mein erstes Buch *La vida a veces* geglaubt haben, und an die neuen Leser, die sich hoffentlich dazugesellen werden.

Ohne euch alle gäbe es keinen Sommer.

BIBLIOGRAPHIE

Gustavo Adolfo Bécquer, *Der Dichter, die Liebe, die Einsamkeit, der Tod: Gedichte; spanisch und deutsch = El poeta, el amor, la soledad, la muerte.* Einführung und Übertragung von Peter Becker. 2., überarb. Auflage. Düsseldorf: Ahorn-Verlag, 2006.

Alexander Sergejewitsch Puschkin, *An* *** (1825), aus dem Russischen übersetzt von Karolina Pawlowa, www.puschkingesellschaft.de

Die Originalausgabe erschien 2015 unter dem Titel
El año sin verano.

Atlantik Bücher erscheinen im Hoffmann und Campe Verlag, Hamburg.

1. Auflage 2018

www.thiele-verlag.com
www.hoca.de *www.atlantik-verlag.de*
Umschlaggestaltung: Christina Krutz, Biebesheim am Rhein
Umschlagbild: Ricardo Demurez
Satz: Christine Paxmann • text • konzept • grafik, München
Druck und Bindung: C.H. Beck, Nördlingen
Printed in Germany
ISBN 978-3-455-00202-7

HOFFMANN UND CAMPE

Ein Unternehmen der
GANSKE VERLAGSGRUPPE